I0657747

NOUVEAU
JOURNAL
DE
CONVERSATIONS
SUR
TOUTES LES ACTIONS
publiques des Predicateurs.

Par RENE' BARY , *Conseiller*
& Historiographe du Roy.

A PARIS,

Chez JEAN COUTEROT , rüe saint
Jacques , à l'Image S. Pierre.

M. DC. LXXV.
Avec Privilege du Roy.

AU LECTEUR.

Quoy qu'on ne soit pas Ecclesiasti-que, l'on peut estre entendu en l'art d'enseigner la parole de Dieu, l'on sçait souvent quelque chose de plus que sa profession, tel raffine sur la peinture qui est homme d'épée, & tel excelle sur les fortifications qui est homme de robbe. J'ay longtemps observé la pluspart de nos Predicateurs, ie les ay plusieurs fois ouys sur divers sujets : mais, à dire le vray, peu de gens sçavent lever les difficultez de l'Ecritu-re, pousser les veritez de l'Evangile & porter la frayeur dans le sein du libertinage. Quelque mine qu'on fasse à la vertu, la vertu seule est comme impuissante, la faveur peut tout, & pour peu qu'elle se mêle des trompettes du Seigneur, quelque communs que soient ceux qu'elle propose, elle leur procure ce qu'elle entreprend. Les foi-bles d'entre ceux que j'ay frequemment

écouté, ont piqué de charité mon hu-
meur officieuse, & bien qu'ils semblent
incapables de produire un bon effet, ils
ont pourtant part à cét Ouvrage. Ils
m'ont donné lieu de faire voir d'abord
de quelles qualitez un Predicateur
doit estre revestu, & de quels Livres
il doit composer sa Bibliotheque, & pas-
fant de sa personne & de ses Livres à
son stile & à sa composition, ils m'ont
donné lieu ensuite de faire voir ce qu'il
doit pratiquer à l'égard des textes &
des ouvertures, des distributions &
des preuves; Ils m'ont donné lieu
encore de descendre du general au
particulier, de faire de grandes pauses
sur les grandes actions, d'examiner
particulierement les simples Panegyriques & les Oraisons Funebres. Ils
m'ont donné lieu aussi de raisonner
sur les Vestures & sur les Professions,
& de faire voir à peu prés quel ordre
il faut tenir dans ces sortes d'actions
publiques. Ils m'ont donné lieu de
plus, de découvrir la fin des plus
belles figures de nostre langue, de donner l'usage des mesmes figures, & de
faire parler hautement en plusieurs en-

droits, ceux qui ont eu en teste les tyrans ; Ils m'ont donné lieu enfin de
dire quelque chose de la voix, & du
geste, de marquer les tons qu'il faut
prendre dans l'Exorde, dans la division, dans la confirmation & dans l'é-
pilogue, & les mouvemens qu'il faut
affecter dans le reproche, dans l'exhortation, dans l'indignation & dans
l'étonnement. Ie ne sçay pas, Cher Le-
cteur, si ce que ie censure est judicieuse-
ment repris, & si ce que je prescris est
heureusement conceu, l'esprit a de mauvaises heures, mais au moins puis-je
dire que i'ay rapellé les idées des anciens Rheteurs, que j'ay fait cent reflexions sur les regles, & qu'avant que
de m'eriger en donneur d'avis, je n'ay
pas moins consulté les vivans que les
morts.

Extrait du Privilege du Roy.

PAr grace & Privilege du Roy : il
est permis au Sieur RENE' BARY
nostre Conseiller & Historiographe
ordinaire, de faire imprimer, vendre &
debiter par qui bon luy semblera, un
Livre intitulé *Le Iournal de Conver-
sations, &c.* & ce pendant le temps &
espace de dix années consecutives, à
commencer du jour qu'il sera achevé
d'imprimer. Pendant lequel temps dé-
fences sont faites à tous Libraires, Im-
primeurs & autres de l'imprimer ou
contrefaire, sous quelque pretexte que
ce soit, sans le consentement de l'Ex-
posant, ou ses ayans cause ; a peine de
trois mil livres d'amende payable sans
déport par chacun des contrevenans, de
confiscation des exemplaires contre-
faits en France ou ailleurs, & de tous
dépens, dommage & interests, comme
il est plus amplement porté par ledit
Privilege. Donné à Paris le 19 Sep-
tembre 1671. Signé Par le Roy en son
Conseil, CADET, & scellé.

Ledit Sieur B A R Y a cedé le droit
dudit Privilege à J E A N COUTEROT
Libraire , à Paris , pour le temps porté
par iceluy.

*Regiſtré ſur le Livre de la Commu-
nauté des Marchands Imprimeurs-
Libraires de Paris , le 10. Decembre
1672.*

Achevé d'imprimer le 1. Mars 1675.

Les Exemplaires ont eſté fournies..

Fautes survenuës en l'Impreſſion.

PAge 7. ligne 3. *ne liſez point* &. p. 11. l. 3. *liſez* mais quelques demêlées. p. 17. l. 10. *ne liſez point* &. p. 21. l. 12. *liſez* qu'ils prouvent meſme. p. 23. l. 13. *liſez* qui portent de l'or. p. 30. l. 7. *liſez* les adreſſes. p. 31. l. 17. *liſez* avoient. p. 38. l. 12. *liſez* & encore. p. 40. l. 9. *liſez* par le. p. 47. l. dern. *liſez* le caractere. p. 92. l. 11. *liſez* reparties. l. 15. *liſez* l'on ne p. 95. l. 4. *liſez* à Antiochus. p. 133. l. 10. *liſez* ſuccomboient. p. 136. l. 4. *liſez* parce comme dans l'ordre de certains biens l'objet peut attiſer la concupiſcence, dans l'ordre de certains maux, l'objet peut enflamer l'indignation. page 155. ligne 15. *liſez* il y avoit eu. p. 163. l. 10. *liſez* qui tâcheroit. p. 173. ligne 16. *liſez* ſur elle. p. 193. l. 25. *liſez* qui n'avoit un cœur que. p. 205. l. 12. *liſez* il faut appliquer. p 214. l. 15. *liſez* doivent patiemment ſouffrir toutes les peines du mariage, pour, &c. les Religieuſes à plus juſte ſujet doivent conſtamment ſouffrir toutes les fatigues de la Religion pour, &c.

DE

DE LA
PREDICATION

Ou

*Du secret de conduire le Predica-
teur depuis le texte jusques au
souhait de la gloire.*

SOCRATE.

Ouy ce n'est pas former un petit dessein, que d'entreprendre de bien prescher.

EVSEBE.

Un homme qui entreprend en la Chaire de gagner des cœurs à Dieu, doit avoir bien des qualitez ; Il doit avoir non seulement un visage comme severe, un port grave & une taille majestueuse, mais encore une imagination vive, une memoire tenace & un jugement exquis ; celuy qui n'a

3. P.   a

qu'une mine niaife, innocente & dou-
cereufe, n'attache ny ne touche; & n'en-
trant ny dans l'efprit ny dans le cœur,
il debite inutilement & fa doctrine &
fa morale: celuy qui n'a point de feu
n'éclate ny en invention ny en penfée,
& quelque fidel écho qu'il foit des
grands hommes, il devient bientoft af-
foupiffant & ennuyeux. Celuy qui
aprehende de perdre la fuite de fon difcours ne penfe ny à regler fon gefte ny
à diverfifier fa prononciation, il cher-
che les mots, il allonge les fyllabes, &
faifant ainfi tout fon poffible pour ne
point demeurer court, il fait fans y
penfer tout ce qu'on peut faire pour ne
point reüffir. Celuy enfin qui n'a pas
le goût fin, eft ordinairement pipé
par les belles apparences, il s'arrefte
au Phebus, au Nervefe, & outre que
dans le défaut de difcernement il fait
plus d'eftat des comparaifons fpecieu-
fes que des raifons ferrées, il applique
fi mal les chofes, que les chofes qu'il
raporte pouroient eftre quelquefois
juftement appliquées à des chofes contraires.

HEPHESTION.

Vous avez eu raison de dire, qu'il faloit avoir le visage comme severe, le port grave & la taille majestueuse; ceux qui n'ont pas ces avantages exterieurs, ne parlent ordinairement point avec efficace de la grandeur de Dieu, ny de la hauteur des mysteres; des miracles de la grace, ny des ordres de la providence; des splendeurs de la gloire, ny des horreurs de l'Enfer; parce que les grands points de la Religion requierent en un Predicateur quelque chose de proportionné à l'importance des sujets, & que quand un Predicateur n'a rien de noble ny d'éclatant, il est privé de ce qui donne du poids & de la crainte : Vous avez eu raison de dire encore, qu'il falloit avoir du genie, de la presence & du bon sens: à quoy bon d'estre inventif & de n'avoir pas le don de dire couramment ce qu'on a ingenieusement composé ? à quoy bon pareillement d'estre memoratif, & de n'avoir remply sa memoire que des bagatelles du cabinet ?

Ceux qui n'ont point de genie , ne
font ny actifs, ny figurez; & ne difant
rien qui réveille les Auditeurs , à peine
ont-ils commencé , qu'ils tombent
dans une uniformité ennuyeufe ; ceux
qui n'ont point de memoire paroiffent
prefque à tout moment interdits ; l'ap-
prehenfion de ne pas trouver ce qu'ils
cherchent , leur dérobe le mouvement
& la couleur , & collant , s'il faut ainfi
dire , la langue à leur palais , elle ne
les rend pas moins le fupplice des oreilles que des yeux. Ceux qui ne connoif-
fent pas le fin des chofes , abufent de
l'attente des Auditeurs , ils prennent
ce que les autres laiffent , & comme
ils pechent contre le choix, l'œcono-
mie & l'application , ils ne debitent
que des puerilitez, des confufions , &
des difconvenances.

EVSEBE.

Enfin, celuy qui entreprend en Chaire de gagner des cœurs à Dieu , doit
avoir du fond , parce qu'il faut refoudre les cas & les difficultez, que l'Auditoire eft fouvent compofé de toutes

fortes d'efprits , que les fçavans veulent une doctrine folide , que les libertins veulent une morale convaincante, & qu'à moins que d'eftre du moins Philofophe & Theologien, l'on eft plus en état de deshonorer fon miniftere, que d'étendre l'Empire du Seigneur.

SOCRATE.

Un Ecclefiaftique qui veut réüffir en la Chaire de verité, doit premierement entendre Saint Thomas ; & parce que ce Docteur aux demy fçavans n'eft pas fort intelligible, un Ecclefiaftique qui veut l'entendre, doit lire fur tout le *Clypeus fcolafticus* du Pere Gonet Jacobin, cet ouvrage eft excellent.

POLYANTE.

L'on doit avoir une teinture du vieil Teftament, parce que fes figures ne font figures que par rapport aux réalitez du nouveau, & qu'en matiere de Religion il n'eft pas peu important de fçavoir la correfpondance des chofes.

EPISTEMONT.

Il ne faut eftre informé de l'un, que
pour mieux eftre informé de l'autre.

EVSEBE.

Saint Auguftin a fait des queftions
fur le Livre des Juges. Saint Gregoire
Pape a tres-pieufement expliqué les
fept premiers Chapitres du Livre des
Roys. Bede a écrit fur Efdras, & fur
les Proverbes. Saint Gregoire Pape a
amplement moralifé fur Job. L'on
peut lire fur les Pfeaumes, S. Auguftin, S. Ambroife, S. Hilaire, & S.
Bafile, & l'on peut lire encore fur le
même fujet Caffiodore & Origene.
L'on peut feüilleter fur l'Ecclefiafte S.
Gregoire Taumaturge, faint Gregoire
de Nice, faint Jerôme & Hugues
de faint Victor. Saint Bernard a fait
quelque chofe fur le Cantique des
Cantiques. Saint Gregoire de Niffe,
Saint Gregoire Pape & Origene ont
pareillement fait quelque chofe fur le
même fujet. Rabanus a travaillé fur

l'Ecclesiastique & sur la Sagesse. Il faut
voir saint Jerôme & saint Cyrille A-
lexandrin sur les Prophétes; & enfin
saint Gregoire Pape a fait quelques
Homelies sur Ezechiel; Que si le nombre des Auteurs dont je viens de dire
quelque chose, semble à quelques-uns
trop grand, ceux ausquels il semble
trop grand, peuvent pour n'estre point
refroidis, feüilleter Bede, Rabanus &
Theodoret; ces Auteurs ont amplement écrit sur la Bible, & le dernier
entre les autres a methodiquement
fait des Notes sur tous les Livres qui
la composent.

HEPHESTION.

Il est à croire, que les mesmes Peres qui ont écrit sur le Vieux Testament, ont écrit sur le Nouveau.

EVSEBE.

L'Evangile de saint Mathieu, dont
celuy de saint Marc est un Abregé, a
esté expliqué par saint Hilaire & par
saint Chysostome; l'Ouvrage impar-

fait fur faint Mathieu, qui eft parmy
les Oeuvres de faint Chryfoftome,
n'eft pas peu utile, il a efté amplement éclaircy par faint Jerôme ; faint
Ambroife a fait quelque chofe fur faint
Luc ; faint Chyfoftome, faint Auguftin, faint Cyrille & Origene ont é-
crit fur faint Jean : mais fi l'on veut
abreger le temps, il fuffit fur ce fujet
de confulter faint Auguftin. Le même
Saint & faint Chryfoftome ont écrit
fur les Epiftres de faint Paul ; le premier a triomphé fur la grace & l'autre
fur la Morale ; enfin, quoy que Pri-
mafius ait fait un Commentaire fur
les mêmes Epiftres, il peut eftre fur
cette matiere raifonnablement negli-
gé, il n'a efté fur cela que l'écho de
faint Auguftin.

POLYANTE.

Encore que les Peres les plus pro-
fonds ayent medité fur la Bible, les
derniers fiecles ont porté des hommes,
qui ont medité fur le même Livre.

EVSEBE.

De Aponte a fait un Traité fur la Sa-
pience & fur les Proverbes. *Cornelius
à Lapide*, *Celada*, *Tyrinus*, *Mene-
chius*, *Maldonat*, *Naudin*, *Lorinus*,
Eſtius & quelques autres, ont fait
ce qu'on vient de dire. Cornelius *à
Cubo*, comme tous les Docteurs
ſçavent, a travaillé fur toute la Bible;
Celada, a écrit fur Ruth, fur Suzan-
ne, fur Eſther, fur Tobie & fur Ju-
dith ; Tyrinus, qui n'eſt pas ſi gros
que Cornelius *à Lapide*, a écrit
auſſi fur la Bible, Menochius a fait
des Notes fur le même Livre ; Maldonat a heureuſement commenté les E-
vangiles, & l'on peut lire en abregé
fur le même ſujet un certain Docteur
nommé *Gagneus*, qui eſtoit du temps
de François premier ; Naudin a fait
un Livre fur l'Exode ; Lorinus en
a fait un ſemblable fur le Leviti-
que, & ſi l'on veut voir en racourcy
Tyrinus, Menochius, Mariana, &
quelques autres des Auteurs precedens, l'on n'a qu'à lire le Pere de la

Haye Cordelier, & l'on ne se repentira pas, (si je ne me trompe bien,) de l'avoir exactement étudié ; Estius a écrit sur les Epistres de saint Paul, & sur les Sentences, & il a même fait quelque chose sur les endroits les plus difficiles de l'Ecriture. Enfin je ne recônois point de meilleur livre pour ceux qui parlent publiquement dans la maison de Dieu, que celuy qui porte pour titre *Glossa ordinaria* : Le Livre que je vante icy extraordinairement, a esté composé par cinq ou six des plus sçavans hommes du Monde; ce Livre, qui est appellé le Thresor inépuisable de la Predication, traitte Chronologiquement de tous les Livres de la Bible.

HEPHESTION.

Ce n'est pas assez, à mon avis, pour bien reüssir en Chaire, d'estre profond, il faut estre explicatif ; & pour porter à juste titre cette qualité, il faut bien posseder sa langue.

SOCRATE.

Il y a des passages dans l'Ecriture, qui semblent se contredire, un Moderne en a fait un petit Recueil ; & quelque demeslées que soient dans ce Recueil les contradictions apparentes, elles ne demandent pas moins de netteté que de doctrine, & pour satisfaire à ce qu'elles exigent, un Predicateur ne doit pas peu entendre le François.

POLYANTE.

Ce n'est pas assez encore pour bien reüssir en Chaire d'estre profond & explicatif, il faut estre pressant & patetique.

EVSEBE.

Les veritez de l'Ecriture, quelque touchantes qu'elles soient d'elles-mêmes, ont souvent besoin du secours de la Rhetorique ; les paroles tonnantes font sur les cœurs tiédes, ce que les trompettes sonnantes font sur les cœurs lâches ; il eſt vray que les paroles tonnantes effrayent , & que les trompettes ſonnantes animent : Mais il eſt conſtant auſſi , que des cauſes differentes il naiſt quelquefois des effets ſemblables , que la crainte a quelquefois autant de force que le courage, & que c'eſt ſouvent la même crainte, en matiere de ſalut , qui fait les reconciliations & les pelerinages , les retraittes & les macerations.

C E S O N T E.

L'on veut , à reprendre les choſes de loin , que le Predicateur ſoit grave, ſpirituel , memoratif, judicieux , profond , explicatif, preſſant & patetique; & comme s'il n'eſtoit pas neceſſaire, qu'il fuſt ſobre , abſtinent , modeſte, deſintereſſé , en un mot , homme de bien, l'on ne parle point de la ſainteté de mœurs ; il me ſemble que c'eſt conſiderer l'ombre , & que ce n'eſt pas conſiderer le corps ; que c'eſt conſiderer l'edifice , & que ce n'eſt pas conſiderer le fondement ; que c'eſt conſiderer enfin l'acceſſoire, & que ce n'eſt pas conſiderer le principal.

EPISTEMONT.

Un certain perſonnage qui eſtoit Confeſſeur de Henry troiſiéme Roy de France, convertit en un jour quarante mille Huguenots ; & l'hiſtoire rapporte, que ce ne fut pas moins par ſes mœurs que par ſa doctrine.

SOCRATE.

Ce Predicateur qui faillit à perir à Lyon par la faction des Heretiques, eſtoit tellement ſecourable, que penſant moins à ſa vie qu'à la vie de ſon prochain, il alloit tout les jours panſer les peſtiferez.

HEPHESTION.

Quoyque le Cardinal Baronius euſt la voix foible, tout ce qu'il diſoit, faiſoit de fortes impreſſions ; parce qu'on ſçavoit, qu'il ne diſoit rien qu'il ne pratiquaſt.

EPISTEMON.

Saint Paul faifoit auffi de fortes impreffions, parce qu'on eftoit perfuadé, qu'étant defintereffé, il ne tendoit qu'au falut de ceux dont il eftoit écouté.

CESONYE.

Un Predicateur, comme Predicateur, eft au deffus de fes écoutans, & tous ceux qui font au deffus des autres, doivent eftre exemplaires.

EVSEBE.

J'ay fous-entendu ce que je n'ay pas marqué ; un honnefté homme qui eft reconnu pour ce qu'il eft, convainc de lâcheté ceux qui ne l'imitent pas, & cette conviction a plus d'empire fur les efprits, que toute l'eloquence du monde.

THRYNE.

Il eft mal-aisé de refufer des larmes à un homme de larmes.

POLYANTE.

Quelques bonnes qualitez qu'ait un Ecclesiastique, s'il n'a point encore presché, il doit avant que de distribuer la parole de Dieu, lire les Sermonaires, ils ouvrent l'esprit, ils réveillent l'invention, & des desseins qu'ils inspirent, il s'en fait quelquefois de bonnes piéces,

EVSEBE.

En effet, il doit feüilleter ceux qui ayant lû le vieux Testament, les Evangiles & les Peres, ont fait de leur lecture des reductions predicables; La lecture de ces reductions conduit comme par la main ceux qui commencent à paroistre en public; & outre, comme je viens de dire, qu'elle donne des entrées & des ouvertures, elle affermit le jugement, & elle enrichit la memoire: mais parce que tous les Sermonaires ne meritent pas d'estre leus, que quelques-uns d'entr'eux ne sont que les copistes des autres, & qu'il seroit fâ-

cheux de jetter les yeux fur ceux qu'on
doit negliger, il fera bon de fçavoir
que ceux dont l'on fait un eftat tout
particulier, font Voragine, Buftis &
Quintin; Voragine, qui eft tres-do-
cte & tres eloquent, a fait non feulement un Carefme, mais encore des
Panegyriques, & quelques-uns tiennent que Biroat, qui avoit leu ce Jacobin, ne luy avoit pas peu d'obligation; Buftis a fait des Sermons fur
plufieurs fujets, & fur tout fur la Vierge; Quintin a fait des Dominicales,
& il fut reconnu pour fi docte, qu'il
fut envoyé au Concile de Trente.

SOCRATE.

Entre ceux encore qui ont excellé
fur des fujets affez particuliers, l'on
vante Barlet, Ezcius, Vivaldius, Pierre Damien, Horne, Recupitus, Maillard, Baradius, Faber & Catarinus.

EVSEBE.

Barlet a fait des Sermons fur les
Indulgences, Ezcius Allemand en a
fait

fait sur les Controverses, Vivaldius
Aumônier de Louys douziéme, Pierre Damien, Horne & Recupitus ont
fait des Panegyriques ; Lescalopier
lisoit frequemment le dernier, & l'on
dit même, qu'il le suivoit presque mot
à mot ; Maillard a fait quantité d'a-
ctions publiques sur les Translations,
Baradius & Faber ont excellé sur la
Morale ; & enfin Catarinus a fait des
Sermons, non seulement sur l'Imma-
culée Conception de la Vierge, mais
encore sur le Purgatoire.

EPISTEMONT.

Quoy qu'il soit mal-aisé de triom-
pher sur tous les Evangiles de l'année,
quelques-uns, si je ne me trompe bien,
y ont reüssi.

EVSEBE.

Entre ceux qui ont solidement presché sur tous les Evangiles, l'on compte les Deprats & les Raulins, les Pe-
pins & les Calamatos.

b

SOCRATE.

Quelques Modernes n'ont-ils point travaillé fur toute l'année ?

EVSEBE.

Cent Auteurs recens y ont travail-lé, mais aprés les Lingendes, les Bi-roats & quelques autres, l'on ne doit lire les Modernes qu'en paffant.

EPISTEMONT.

Quelque curieux que foient ceux qui pretendent à la gloire de bien pref-cher, ils ne foht pas peu aifes, lors-qu'ils trouvent des Auteurs qui con-tiennent en peu d'étenduë tout le fuc des Auteurs qu'ils ont leu.

EVSEBE.

Si l'on n'en veut qu'aux Abregez, l'on n'a qu'à lire le Pere Combefis; ce Jacobin a extrait je ne fçay combien d'Auteurs, & il a reduit en huit

Volumes la pluſpart des bons Sermonaires.

HEPHESTION.

Je tombe d'accord, qu'il y a des
Sermonaires doctes & curieux : mais
il faut tomber d'accord auſſi , qu'il y a
des Sermonaires ruſtiques & barbares,
& qu'à moins d'avoir contracté de
bonne heure l'habitude de bien tourner
les choſes , il eſt à craindre qu'un mé-
chant ſtyle n'imprime une méchante
expreſſion.

PHRYNE.

Tel ſçait bien placer ce qu'il a à dire,
qui ne ſçait pas bien dire ce qu'il a
à placer : & c'eſt pour cette raiſon, à
mon avis, qu'il ne faut pas negliger
l'étude de ſa langue.

EPISTEMONT.

L'on peut en matiere de langage
eſtre pur, & n'eſtre pas net ; la pureté, comme dit Bary dans ſa Rhetori-

que, confiste en la vraye fignification
des mots ; & la netteté, dit le même
Auteur, confifte au jufte placement
des Pronoms ; Il faut eftre bon Philofophe pour eftre pur,& il faut eftre bon
Ecrivain pour eftre net ; un Philofophe, par exemple, ne confond pas le
mot *d'envie* avec le mot de *jaloufie*,
un bon Ecrivain ne rapporte pas à un
mot, ce qui peut eftre rapporté à un
autre ; fi bien que pour eftre intelligible, il faut eftre net, & que pour eftre
net, il faut fi bien placer fes mots, que
de leur jufte difpofition il ne puiffe naî-
tre aucune ambiguité.

EVSEBE.

J'approuve la netteté & je ne blaf-
me pas même la politeffe ; mais à dire
le vray, l'on n'auroit jamais fait, fi
fur toutes fes compofitions l'on con-
fultoit les Vaugelas & les Dutertre,
les Richelets & les Barys.

EPISTEMONT.

Encore qu'il foit mal-aifé d'eftre le

fidele difciple de ces Auteurs, il faut
pourtant tâcher d'en obferver les regles; l'on ne parle que pour eftre facilement entendu, & l'on n'eft facilement entendu (au moins dans les
grands difcours,) que lors qu'on parle avec art.

HEPHESTION.

Ceux qui n'ont pas l'art de fe faite entendre, peftent toûjours contre
ceux qui en ont le fecret; & ils ne con-
fiderent pas qu'ils prennent mefure
par eux-mêmes, combien il eft important de bien tourner fes penfées;
puis qu'on ne trouve chez eux que du
galimatias, & qu'à moins d'eftre fçavant en l'art de deviner, l'on ne peut
comprendre ce qu'ils veulent dire.

POLYANTE.

Si l'Ecriture en mille endroits eft fi-
gurée, pourquoy les Predicateurs ne
feroient-ils pas metaphoriques? L'on
enrichit les Temples, pourquoy n'enri-
chiroit-on pas la parole qui de temps en
b iij

temps y retentit? Les mêmes choſes qui
ſont toûjours exprimées d'une même
maniere, engendrent enfin dans l'eſprit
des Auditeurs un goût fade; pourquoy
ne previédroit-on pas ce dégoût par les
varietez du langage ? L'on appreſte les
alimens corporels, pourquoy n'aſſai-
ſôneroit-on pas les viandes ſpirituelles?
Le menſonge recourt ſouvent aux cou-
leurs ſpecieuſes, pourquoy la verité ne
recoureroit-elle pas aux preuves éclatantes ? L'accident doit eſtre proportionné à l'excellence des ſujets, pourquoy ne proportionneroit-on pas l'expreſſion à la nobleſſe des matieres ?
Grenade qui ſçavoit de quelle importance il eſtoit de preſcher agréablement
les auſteritez du Chriſtianiſme, a fait
une Rhetorique, pourquoy, conformement aux preceptes de ce grand
homme, ne preſcheroit on pas ele-
gamment les mêmes auſteritez ?

EVSEBE.

La politeſſe a pluſieurs adverſaires, &
comme elle reçoit le *pour* & le *contre*,
nous rapporterons amplement à la pre-

miere occasion les raisons des deux partys.

SOCRATE.

Comme la matiere est importante, elle merite une Conference toute entiere.

CESONTE.

Il me tarde déja qu'elle ne soit agitée.

PHRYNE.

Ceux qui sont ennemis du beau, traitent de suspect les choses, lors qu'elles sont exactement polies; & ils disent pour justifier leur soupçon, que les terres qui portent l'or, ont presque toûjours la surface dégoutante, que les simples qui ont des vertus souveraines, ont ordinairement l'écorce desagreable, que les coquilles qui renferment des perles, ont souvent le dehors raboteux.

HEPHESTION.

Le bon & le beau, comme dit Ba-

ry en ſa Rhetorique, ne ſont pas in-
compatibles ; & pour parler à la Ca-
valiere, toutes les armes qui ſont belles, ne ſont pas mauvaiſes.

EPISTEMONT.

Les mêmes ennemis du beau rapportent, que ſaint Cyprien écrivant à
ſon amy Donat, luy apprend qu'il a
renoncé aux ornemens de la Rhetorique : & ils rapportent encore que ſaint
Jerôme dit là-deſſus, que ſi du commencement ſaint Cyprien écrivant
à ſon amy luy écrivoit *en ajoûtant*, il
luy écrivoit alors *en oſtant*; ils rapportent enfin que le même ſaint Jerôme
ſemble avoir approuvé les retranche-
mens de ſaint Cyprien, parce qu'écrivant au Pape Damaſe, il mépriſe les
inventions de la Rhetorique, & qu'il
les traite même de pernicieuſes.

SOCRATE.

Les mêmes ennemis mettent en
avant les Platons, les Tertuliens &
les Plines ; Platon, diſent-ils, ne
peut

peut souffrir les Orateurs en sa Republique. Tertulien qui est tres-rude en ses expressions, veut que l'Ecriture doive toute sa force au saint Esprit. Pline, qui approuve ce que les Platons & les Tertuliens condamnent, est accusé d'estre trop exact observateur des regles, & son exactitude à ne point pecher contre l'art, passe pour un peché.

EPISTEMONT.

Ce n'est pas encore tout, ils disent que les Orateurs n'ont point eu d'accés avec les Peuples policez, qu'ils n'en ont point eu ny avec les Cretois, ny avec les Lacedemoniens, que la Rhetorique a toûjours esté l'étude des Heresiarques, que les Arriens étoient persuasifs, que les Priscillianistes estoient éloquens, que les premiers ont esté frondez par saint Athanase, & que les autres ont esté pareillement frondez par saint Augustin.

HEPHESTION.

Outre que Platon estoit estimé diseur,

з. P.   C

& qu'il vouloit qu'on couronnât de
fleurs ceux qu'il vouloit qu'on chaſsât,
que Pline eſtoit & eſt encore l'admiration de tous les Rheteurs, le bon
droit, comme on dit, a beſoin d'aide,
& l'aide ne dépend pas moins ſouvent
de la vertu des paroles, que de la faveur des hommes.

POLYANTE.

En effet la parole ne peut pas peu, &
ſelon les anciens Peintres elle pouvoit
même tout ; & c'eſt pour cette raiſon
qu'ils ne donnoient point de bras à
Mercure.

CESONIE.

A quoy bon tant d'appareil, diſent
les bonnes gens ? le caractere d'un veritable Chreſtien ne conſiſte t'il pas à
parler peu & à faire beaucoup, à negliger l'artifice & à embraſſer la ſincerité?

SECONDE
CONVERSATION
SUR LA
PREDICATION.

CESONIE.

OU ma memoire est infidelle, ou il s'agit de parler pour & contre ceux qui ne peuvent souffrir l'ornement du langage.

SOCRATE.

Ceux qui sont rustiques en matiere de style, rapportent que saint Gregoire Pape envoyant un livre à un certain Evesque, le pria de considerer moins la diction que la doctrine ; ils disent de plus pour authoriser les rudesses du langage, qu'il est défendu dans l'Ecri-

ture de planter un boccage dans la
maiſon de Dieu; Ils rapportent encore
que Seneque exhorte un bel eſprit à
peſer moins les paroles que le ſens; que
ſaint Jerôme ne peut ſouffrir qu'on
écoute plus volontiers les choſes agreables que les choſes ſalutaires; que le
Concile de Trente voulant qu'on re-
nonçaſt aux delectations de l'ouye, eut
même retranché des Temples la Mu-
ſique & les Orgues, ſi à la priere de
Pie troiſiéme il ne ſe fut contenté de
recommander la moderation; que le
langage étudié, ſelon Bloſius, ne paſſe
guere de l'oreille au cœur; que la force eſt plus utile que la delicateſſe; que
la ſainte Ecriture a ſon écorce & ſa
moüelle, & qu'il faut avoir bien plus
d'attention pour l'eſprit que pour la
lettre. Outre que les Auteurs dont on
a rapporté icy les ſentimens, n'ont
condamné que l'éloquence molle &
effeminée, & qu'ils ſont trop connoiſ-
ſans pour blâmer abſolument un art
dont l'Egliſe reçoit tous les jours de notables ſervices; Qui doute, pour parler
comme un certain ruſtique, que les ge-
neroſitez du lion ne valent mieux que

les adreſſes du ſinge? Que la vigueur ne doive emporter le deſſus ſur l'induſtrie? Que les nerfs, en matiere de langage, ne ſoient preferables à l'enbonpoint? Et pour parler ſans figure, que la force des raiſons ne merite incomparablement plus de ſoin que la beauté des paroles?

POLYANTE.

Les Peres qui ont renoncé aux affeteries du diſcours, n'ont pas renoncé aux regles communes de la Rhetorique, ils ont approuvé la pureté des mots, la netteté du tiſſu, la proprieté des epitetes, la convenance des figures, & la gravité des ſentences. Et quand il a falu gagner publiquement des cœurs à Dieu, ils ont eſté inſinuans, vifs, preſſans, majeſtueux, & patetiques.

SOCRATE.

Saint Paul proteſte qu'il n'a point uſé des artifices de la Rhetorique, lors qu'il a travaillé à la converſion des Gentils; & cét Apôtre ne conſidete pas, qu'il n'eſt jamais plus éloquent,

que lors qu'il affure qu'il est fimple en
fes difcours.

EPISTEMONT.

Saint Jerôme ne defapprouve que
l'éloquence profane ; & pour preuve de
ce que j'avance, il confeille à faint Pau-
lin de joindre les rudeffes de l'art à l'é-
tude des faintes Lettres. Le même Pere
dans le Panegyrique des hommes illuftres, louë ceux qui ont excellé en l'art
de bien dire , & il dit même quelque
chofe en paffant des utilités de l'Eloquence. Saint Auguftin n'abandonne
pas la Rhetorique par raifon de mépris, il ne l'abandonne que par raifon
de preference ; les ordres de la providence l'élevent à l'Evefché , & dans
cette élevation il ne peut convenablement travailler à ce qui autrefois faifoit
toutes fes veilles; Quoy qu'il eut ceffé
d'eftre Rhetoricien , il ne laiffa pas
d'eftre Orateur; & il le montra fur tout
dans ce qu'il compofa en faveur des Ca-
techumenes; enfin quoy qu'il eût ceffé
d'eftre publiquement Rheteur, côme je
viens de dire , il ne laiffe pas au 4. l. de

la Doctrine Chrestienne, de donner des preceptes aux Predicateurs Apostoliques, & de faire voir en cét endroit, qu'il ne méprisoit que les mignardises de la parole.

SOCRATE.

L'on ne peut conserver le souvenir des choses expressives, qu'on ne conserve le souvenir des choses bien exprimées. Saint Augustin avant sa conversion estoit comme charmé de l'éloquence de saint Ambroise, il eut bien voulu conserver l'image des paroles qu'il avoit agreablement entenduës, & perdre l'idée des veritez, dont les paroles agreablement agencées auroient esté les Interpretes : mais il ne put retenir l'une & oublier l'autre, & cette impossibilité luy fut salutaire. Lactance Firmien au 1. livre des Institutions avoüe, qu'il n'a pas peu d'obligation aux exercices de la Rhetorique, & afin d'entrer de haute lutte dans les cœurs, il fait resolution de revestir son style de tous les ornemens de l'Art; Enfin saint Thomas,

quelque profeſſion qu'il fiſt d'enſeigner
ſechement les veritez de la Religion,
trouvoit bon que les Prédicateurs euſ-
ſent ſoin du langage, qu'ils étudiaſſent
l'ordre, les liaiſons & les figures; &
qu'ils paruſſent dans la maiſon de Dieu
en état de plaire & d'émouvoir.

HEPHESTION.

Outre que l'Evangile a quelquefois
pluſieurs ſens, & que ſelon les ſens
l'on doit diverſifier ſes expreſſions; la
prudence veut qu'on obſerve ſon Auditoire, & que ſelon les gens qui le
compoſent, l'on varie & ſes phraſes &
ſes figures.

EVSEBE.

Si ceux qui le compoſent ſont de
lettres, les manieres de parler doivent
eſtre fermes & ſerrées; & ſi ceux qui
le compoſent, ſont de trafic, les façons
de parler doivent eſtre vulgaires &
diffuſes.

SOCRATE.

Ceux qui payent de doctrine & d'ex-

preſſion , ne reüſſiſſent pas toûjours ;
parce que quelques-uns d'entr'eux ne
conſiderent pas la qualité de leur Auditoire, & qu'ils preſchent auſſi ſça-
vamment devant des ignorans que devant des doctes.

POLYANTE.

Un homme eſt ridicule, lors que
n'ayant devant ſes yeux que des fem-
melettes & des artiſans , des villa-
geois & des manœuvres , il ne remplit
ſes actions publiques, que de diſtin-
ctions pedanteſques, & que de que-
ſtions épineuſes. Comme l'on doit
preſcher doctement devant les doctes,
l'on doit preſcher ſimplement devant
les ſimples ; & ſaint Paul qui eſtoit
perſuadé de ce que j'avance, preſchoit
autrement à Athenes qu'à Rome , devant des Philoſophes , que devant des
Bourgeois. L'on me dira ſans doûte,
qu'il n'eſt pas auſſi facile aux Predicateurs de diverſifier les Sermons ſelon la
qualité de Auditeurs, qu'il eſt aiſé aux
Pilotes de varier les voiles ſelon la qualité des vents , & qu'il n'appartient

qu'aux Predicateurs confommez d'ê-
tre propres fur le champ à toutes
fortes d'Auditoires; je répons à cela,
que tout homme qui doit prefcher frequemment en une même Eglife, doit
eftre informé à peu prés du caractere
des Paroiffiens; & que bien que les E-
vangiles des jours fanctifiez foient
comme contraignans, un Predicateur
doit ajufter fa doctrine à la portée ordinaire de ceux dont il eft écouté. Tout
le monde fçait, que les Courtifans font
plus fpirituels que les Marchands, &
que les Jufticiers font plus éclairez que
les fimples Bourgeois: & par confequent qu'il eft plus aifé, par exemple,
de reüffir à faint Innocent qu'à faint
Germain de l'Auxerrois, à faint Nicolas des Champs qu'à faint André des
Arts.

PHRYNE.

Comme le corps du Prophete s'aju-
fta au corps du fils de la veuve, l'on
peut dire que le Predicateur doit s'ajufter à la portée de l'Auditoire.

CESONIE.

L'on veut que les Predicateurs ayent bien des chofes : mais quelques bonnes qualitez qu'on vüeille qu'ils ayent, l'on doit vouloir indifpenfablement, qu'ils ayët de la pudeur & de la hardieffe; parce qu'il y a des Predicateurs, qui voulant paroiftre fçavans en toutes chofes, rapportent quelquefois des particularitez qui impriment la rougeur fur le vifage des Dames, & qui n'ofant entreprendre ceux dont ils efperent quelque faveur, femblent approuver ce que les gens de bien condamnent.

EVSEBE.

Ceux qui montent en Chaire font un perfonnage indecent, lors que devant des Religieufes, par exemple, ils font non feulement un grand difcours du prepuce, mais encore de l'ufage de la partie, parce qu'il ne s'agit que d'un petit retranchement de peau ; que le mot de Circoncifion eft de foy intelligible, & que de faire en ce rencontre l'Anatomiste, c'est faire l'impudique. Ils font encore un perſonnage inde-cent, lors que devant des Prelats, par exemple, ils paſſent ſous ſilence ce qui devroit paſſer ſous la cenſure, parce que Dieu parlant à Iſaye luy dit : *Toy qui vas preſcher de ma part, crie à hau-te voix, & n'épargne perſonne*, & que Dieu tacitement dit la même choſe à tous ceux qui annoncent les Ecritures. Un Predicateur doit ſuivre ſon ſujet, & quoy qu'il doive en quelque façon reſ-pecter la Prelature, neahmoins ſi ſon texte l'engage à crier contre ceux qui negligent leur troupeau, il ne doit point faire difficulté de preſcher hautement la reſidence, & de preferer par conſe-quent les libertez de la Chaire aux adouciſſemens de la Politique.

HEPHESTION.

Il n'y a que les coureurs de Benefices qui tremblent à l'aſpect des Grands, & qui déguiſant les veritez de l'Ecritu-re, debitent une Theologie commo-de & complaiſante. Comme un Predi-cateur ne doit être ny avare ny craintif,

il ne doit non plus épargner ceux qui
peuvent beaucoup que ceux qui ne peuvent pas grand chose ; & pourveu que
dans l'ardeur de son zele il ne passe pas
les limites de son Evangile, son em-
portement est exempt de reproche.

SOCRATE.

Les Predicateurs ont esté appellez de
quelques Anciens *les dents de l'Eglise*, & comme dents ils doivent laisser
des morsures morales en la personne
des vicieux.

POLYANTE.

Les Predicateurs, dit saint Jerôme,
ne doivent pas se proposer les applau-
dissemens, ils ne doivent se proposer
que les larmes, & pour faire d'un Auditoire attentif une assemblée de soupi-
rans, il faut piquer vivement le vice.

EPISTEMONT.

L'Apostre tient la place du Seigneur, l'Evesque tient la place de l'A-
postre, & le simple Prestre tient la pla-

ce de l'Evesque; si bien que comme les
Apostres ont parlé hardiment, ceux
qui ordinairement les representent,
doivent parler du même ton & du même
me geste.

HEPHESTION.

Un Predicateur aujourd'huy ne voudroit pas pour rien du monde jetter
dans la confusion un President, un Prelat, & autrefois non content de ne pas
épargner les défauts, l'on n'épargnoit
pas même les personnes, encore les
personnes Royales.

POLYANTE.

Nathan poussant David luy represente aigrement son crime; Helie porte le Roy Achab au sac & à la cendre;
Jonas tonne dans Ninive; les succes-
seurs des Prophetes succedent à leur
audace, ils parlent hardiment aux Souverains, & confondant les fauteurs de
l'idolatrie, ils desertent les Temples,
& renversent les Idoles; Enfin les Peres de l'Eglise contractent l'assurance
des Apostres & entre les plus resolus

d'entr'eux l'on compte les Basiles,
les Gregoires de Nazianze, les Chry-
sostomes, & les Ambroises.

EPISTEMONT.

Ceux qu'on appelle figurement les
Ambassadeurs du Ciel, ont esté compa-
rez par un grand Docteur à des tempe-
stes, & à des jardiniers; comme tempe-
stes ils doivent déraciner, & comme
jardiniers ils doivent planter.

EVSEBE.

Il ne suffit pas pour faire ces deux
actions, qu'ils soient hardis, il faut,
comme j'ay déja dit, qu'ils soient vertueux; parce que l'exemple est incomparablement plus fort que le discours;
& que quand il n'est pas de la partie,
le discours parle incomparablement
moins au cœur qu'à l'oreille.

POLYANTE.

A quoy sert, par exemple, de prés-
cher la chasteté & d'estre dameret? de

prefcher la reconciliation & d'eftre
vindicatif de prefcher l'aumône & d'ê-
tre avare, de prefcher la mortification
& de crever d'embonpoint ? n'eft ce
pas édifier & détruire ? n'eft ce pas re-
dreffer & abatre & pour parler fans
figure, n'eft ce pas corrompre par l'e-
xemple, ce qu'on veut fanctifier par
les difcours ?

CESONIE.

L'on nous a entretenu jufques-icy
des Predicateurs, l'on nous entretien-
dra quand l'on voudra des Predica-
tions.

EVSEBE.

Le texte tourné en François eft fuivy de certaines paroles, dont le fens
doit avoir du rapport & avec le texte
même, & avec la divifion; La divifion
eft fuivie de la confirmation, & la confirmation qui rapporte les Ecritures &
les traditions, les Peres & les Conciles,
paffe des authoritez aux raifons, des
raifons aux fimilitudes, & des fimilitudes aux exemples; Enfin l'Epilogue
qui

qui remet comme devant les yeux la
premiere partition , & qui rebat en termes succints & differents les princi-
pales raisons , qui ont justifié chaque
point, tire de chaque point la Morale;
& pour faire ensorte que cette Morale
frappe l'esprit , amolisse le cœur, &
humecte les yeux, elle doit employer
tout ce que la Rhetorique a de plus
vif, de plus tendre & de plus touchant.

POLYANTE.

Les textes sont tirez de plusieurs Livres.

EVSEBE.

Quand il ne s'agit pas d'un Panegyrique , l'Evangile du jour engage en
quelque maniere, à tirer de son fond le
sujet de l'action publique: mais quand
l'Evangile renferme bien des choses,
il est de la prudence du Predicateur, de
ne s'arrester qu'à ce qui peut fournir
de vaste champ à la Morale.

d

SOCRATE.

Quand ce que rapporte l'Evangile, renferme bien des choses, il faut tâcher de faire fort sur ce qui ne sert pas ordinairement de texte ; parce que pour exciter les gens d'esprit à entendre entierement un Sermon, il faut ou negliger les textes ordinaires , ou dire sur les mêmes textes des choses non communes.

EPISTEMONT.

Les textes qui sont tirez de l'Apocalypse , ne sont pas souvent bien receus ; parce qu'ils donnent trop à deviner , & qu'encore que ceux qui entreprennent de les expliquer , soient informez de ce qu'ont dit sur les mêmes textes *Primasius* Evesque d'Afrique , & *Andreas Cæsariensis* , ils n'entretiennent ordinairement les Auditeurs que de plusieurs pensées fantastiques.

HEPHESTION.

Les textes prêtent plus ou moins aux Predicateurs.

POLYANTE.

Quelque fertiles que foient certains textes, ils ne trouvent pas toûjours des gens qui les pouffent.

EVSEBE.

Un jeune Predicateur prefchant n'a-gueres en une Eglife du fauxbourg faint Germain, prit pour texte une matiere affez abondante : mais ayant entrepris de faire voir, que les afflictions nous retiroient du commerce du monde, qu'elles perfectionnoient nos vertus, & qu'elles nous uniffoient à Dieu, il remplit fort mal fa diftribution.

PHRYNE.

Il dit que la perfection de l'homme confiftoit à fe connoiftre, & que l'homme ne fe connoiffoit que dans les afflictions.

EVSEBE.

Je tombe d'accord que les afflictions

font une pierre de touche, & que nous ne connoiſſons noſtre foibleſſe ou noſtre conſtance que dans les diſgraces de la vie: mais tous ceux qui connoiſ-ſent leur foibleſſe, ne ſe mettent pas en peine de la ſurmonter, & ainſi la perfection de l'homme ne conſiſte pas à ſe connoiſtre.

PHRYNE.

Il dit enſuite, que quand l'on a é-prouvé ſa patience, l'on eſpere de plus belle, & que l'eſperance nous fait faire cent bonnes actions.

EVSEBE.

Comme l'impatience n'eſt pas toû-jours ſuivie de tous les vices, la patien-ce n'eſt pas toûjours ſuivie de toutes les vertus; & il eſt auſſi facile de prou-ver ces deux propoſitions que de les faire.

SOCRATE.

Il y a des eſprits forts qui ſouffrent aſſez conſtamment les diſgraces, &

qui neanmoins ne resistent pas fort aux plaisirs; Il y a des gens desinteressés, qui regardent comme de sang froid les inconstances de la fortune, & qui neanmoins ne sont pas moins mols que les precedens: si bien qu'on peut dire, que la patience a quelquefois de mauvaises suites, & par consequent qu'elle n'est pas toûjours sanctifiante.

EVSEBE.

Je ne tiens compte de rapporter ce qu'il dit, pour prouver que les afflictions nous unissent à Dieu; ce qu'il dit pour cette preuve ne merite pas d'estre refuté, il suffit de dire, pour achever nostre petite Critique, qu'il allegua mal à propos l'exemple de Pharaon, & qu'il sit voir en beaucoup d'autres endroits de son action publique, qu'il estoit plus hardy que judicieux.

POLYANTE.

J'entendis celuy dont l'on vient de faire la Censure, màis comme si ce jeune Docteur (qui à la verité dit assez a‑

d iij

greablement de fort mediocres chofes)
eût apprehendé qu'on n'eût pas entendu fon texte, il repeta neuf ou dix fois
les paroles du Seigneur.

EVSEBE.

Le Predicateur ne doit repeter le texte, que quand dans la chaleur du difcours, l'intention que le texte renferme, a une étroitte correfpondance avec
ce qu'on debite.

HEPHESTION.

C'eft pecher contre le bon fens, que
de ne le point repeter, parce que peu de
gens fe reffouviennent des paroles qui
ont dôné lieu à la divifion, & que pour
faire voir qu'on en fait une jufte application, il eft bon quelquefois d'en ra-
fraifchir la memoire; C'eft pecher encore contre le bon fens, que de le repeter frequemment, parce que les frequentes repetitions, quelque convenables qu'elles foient au corps du difcours, font enfin ennuyeufes, & que
plus même elles fentent l'art, & moins
elles font touchantes.

POLYANTE.

Quoy que les textes doivent eſtre tres-propres aux ſujets, & qu'il ſoit comme impoſſible d'approprier les mêmes textes à des ſujets differents, Biroat faiſant le Panegyrique de ſaint Benoiſt, prit pour texte les paroles qu'il avoit priſes, lors qu'il fit le Panegyrique de ſaint André; & le même Docteur faiſant le Panegyrique de ſaint François de Sales, prit encore pour texte les paroles qu'il avoit priſes, lors qu'il fit le Panegyrique de ſaint François Xavier.

HEPHESTION.

Quelques-uns ne veulent pas qu'on employe les mêmes textes, parce qu'encore que les mêmes textes ſuppoſent les mêmes vertus, ils ne ſuppoſent pas les mêmes circonſtances, & que ce ſont les circonſtances des vertus, qui font les caracteres des Saints.

SOCRATE.

La plufpart des Saints ont efté revê-
tus des mêmes qualitez, & fi les circonftances ne varioient pas les chofes,
un texte pourroit fervir pour tous les
Saints,

EPISTEMONT.

Il n'eft pas impoffible, que les belles vies ayent entr'elles une étroitte
conformité ; & quand les chofes femblent une même chofe, il n'eft pas défendu de recourir aux mêmes textes:
ajoûtez à cela que les textes font plus
ou moins propres, & que quand les
differens textes ne font pas fi convenables que les mêmes textes, il vaut
mieux prendre les mêmes textes que
les textes differens.

EVSEBE.

Le fens d'un texte peut eftre differemment confideré, & felon qu'il ef-
differemment appliqué, il diverfifie
tellement les actions publiques, qu'il
femble

femble qu'elles ne roulent pas fur le même texte.

SOCRATE.

Il y a des gens qui ne s'arreſtent pas tant au ſens du texte, qu'à ce que le texte peut fournir de curieux; & ainſi fi le texte, par exemple, renferme le mot d'*Etoille*, & que le Predicateur ſoit Aſtronome, celuy qui devroit preſcher ſur l'intention de l'Evangile, diſcourera fur la ſcience du Ciel, & abuſant de l'attente des Auditeurs, ou il n'entendra que Ptolomée, ou il rapportera ennuyeuſement les differentes opinions des Anciens & des Modernes.

PHRYNE.

Ceux qui tombent dans cet égarement, ſont prophanes, vains & trompeurs.

EVSEBE.

Le Predicateur doit tirer du ſens du texte une propoſition generale, & de cette propoſition generale expliquée, il doit tirer les membres de la

3. P.   e

diviſion. Si le texte, par exemple, renferme le mot de *zéle*, & que ce mot
ſoit le mot principal, le Predicateur
definira le *zéle*, & fera enſuitte une propoſition generale, *le zele ne tend qu'à
glorifier Dieu*, voila la propoſition; &
parce que Dieu peut eſtre particulierement glorifié en de certaines choſes, il
rapportera les diverſes choſes, dans leſ-
quelles tel ou tel l'a glorifié, & les diverſes choſes qu'il rapportera, établi-
ront les membres de la diviſion.

EPISTEMONT.

Vous avez eu raiſon de vouloir que
le Predicateur définiſt les mots principaux ; parce que tous les Auditeurs
ne ſont pas ſçavans, & que quand on
a affaire à des Predicateurs ſuppoſi-
tifs, l'on ne remporte ſouvent que des
idées confuſes.

EVSEBE.

Il faut expliquer les mots équivo-
ques, & il faut découvrir en quel ſens
l'Ecriture prend tel ou tel mot ; Il eſt

bon de remettre quelquefois comme devant les yeux chaque mot du texte: mais il faut que ce soit par raport à une action, qui réponde à toute l'intention du même texte.

SOCRATE.

Quand le sujet du Sermon répond exactement aux parties du texte, l'on peut marquer par la reprise de chaque partie, la correspondance qu'il y a entre le sujet & le texte ; parce que cette exacte correspondance confirme hautement les membres de la division.

POLYANTE.

Ceux qui sont plus Theologiens que Predicateurs, se contentent souvent de paraphraser le texte.

EVSEBE.

On peut le paraphraser, mais il faut qu'il y ait une proposition à prouver, autrement l'on ne feroit pas le Predicateur, l'on feroit l'Interprete ; & l'on

ne feroit en cela que ce que font quelquefois dans les Ecoles les Profeſſeurs
en Theologie.

EPISTEMONT.

Il faut voir ce qui precede le texte,
& ce qui le ſuit ; parce que la prece-
dence & la ſuite diſſipent l'obſcurité du
texte , & qu'à moins que cette obſcurité ne ſoit diſſipée, la propoſition generale ne peut eſtre faite qu'à l'avan-
ture.

EVSEBE.

Il eſt important de voir ce que vous
venez de dire ; parce que c'eſt ſur le veritable ſens du texte, qu'on doit former une idée generale, & que c'eſt ſur
l'idée generale qu'on doit eſtablir la
propoſition.

HEPHESTION.

Les textes myſterieux exigent ordinairement deux Exordes, parce que le
reſpect qu'on doit au myſtere, ne veut
pas qu'on entre d'abord en diſcours,

& qu'il veut à raison de l'insuffisance
humaine, qu'on demande dans le premier Exorde les graces qui sont ne-
cessaires à l'explication des choses comme inconcevables.

CESONIE.

L'on a parlé du texte, l'ordre veut
qu'on dise quelque chose des paroles
qui doivent devancer la division.

EVSEBE.

L'ordre le veut, je l'avoüe, mais
comme il y a déja long-temps que je
parle, la Compagnie ne trouvera pas
mauvais, s'il luy plaist, que je remette
à en parler à la premiere rencontre.

PHRYNE.

Je seray toûjours fort attentive à ce
que vous direz, & je pense que tous
ceux qui sont icy, quelque sçavans
qu'ils soient, auront la même attention.

TROISIE'ME
CONVERSATION
DE LA
PREDICATION.

PHRYNE.

COmme il eſt de fort bonne heure, il ne tiendra pas à nous, que nous n'entendions bien des choſes ſur la compoſition des Sermons.

POLYANTE.

Euſebe me dit n'agueres, qu'il eſtoit preſt de ſuivre l'ordre des parties dont il avoit fait le denombrement ; & je penſe qu'il eſt dans la même diſpoſi-tion.

EVSEBE.

La premiere ouverture doit eſtre re-

lative & au texte & à la division , &
c'est souvent la partie la plus difficile
de l'action publique.

SOCRATE.

L'on peut d'abord prendre les choses de loin : mais l'on ne doit pas donner long-temps à deviner ; l'on ne doit
pas tomber sur la division , l'on doit
y descendre, & pour y descendre , il
faut que le vague, comme parlent les
Maîstres , devenant peu à peu moins
vague , donne quelque connoissance
par avance du dessein du Predicateur.

EPISTEMONT.

Ceux qui ont l'esprit remply de lieux
communs, sont sujets avant que de découvrir leur dessein à battre une vaste
campagne, & quelquefois leur Avant-
propos a presqu'autant d'étenduë que
le corps de leur discours.

POLYANTE.

L'on debutte quelquefois par une

reflexion & quelquefois par un exemple, quelquefois par une sentence, quelquefois par un doute, quelquefois par
un Enigme, & quelquefois par une objection: mais il est souvent plus naturel
de debuter par une belle maxime, par
un bel exemple, ou par un beau deve-
loppement, que par quelqu'autre chose; parce que les doutes & les objections apprennent aux Auditeurs à con-
tester les veritez de l'Evangile, & que
les sentences & les exemples donnant
des pressentimens de l'excellence de la
piece, attachent fortement l'attention.

EVSEBE.

Si le texte contient une promesse,
l'on pourra dire : *Chose étrange! Mes-*
sieurs, Dieu pour nous détourner des
creatures nous a promis le Ciel, & ce-
pendant quelque haute promesse qu'il
nous ait faite en cela, nous pensons in-
comparablement plus aux biens bornez
qu'aux biens infinis, aux biens qui dé-
pendent de la fortune, qu'aux biens
qui relevent de la divinité; il est im-
portant, Messieurs, de convaincre d'a-
veuglement ceux, qui n'aiment que la

terre, de leur faire voir que les hommes
sont infideles, que les biens du monde
sont fragiles, qu'il n'y a que Dieu qui
soit constant, qu'il n'y a que la beatitude
qui soit fixe, je prouveray les premieres
propositions par des exemples fameux,
& je prouveray les autres par des raisons invincibles. Si le texte contient
une menace, l'on pourra dire : *Quoyque*
les bontez de Dieu deussent obtenir de
nostre reconnoissance ce que l'Evangile
exige de nostre conduitte, il a esté à pro-
pos que Dieu nous menaçast des peines
eternelles, & encore les menaces de
Dieu ne peuvent-elles pas grand'cho-
se sur la pluspart du monde. Comme le
défaut de crainte ne peut venir que d'un
excés de confiance, je feray voir, que ce-
lüy qui se confie excessivement en la bonté de Dieu, croit que Dieu n'est que bon,
que celuy qui croit que Dieu n'est que
bon, croit contradictoirement que Dieu
n'est pas Dieu, & que celuy qui a cette
pensée ne reconnoissant point de justice
divine, est coupable du plus grand de tous
les blasphemes. Si le texte contient une
condition, l'on pourra dire: *L'on n'ac-*
quiert ordinairement les biens du mon-

de qu'aux dépens de sa conscience ; & certes c'est les acquerir à des conditions extrémement fâcheuses, que de ne les acquerir qu'aux dépens de sa damnation: mais outre que c'est se perdre pour de faux biens, la condition qui est marquée dans mon Evangile, ne prescrit que des actes vertueux, & elle ne les prescrit que pour des recompenses eternelles. L'on me dira peut-estre, que la condition est rude, & qu'encore que le bien, qui doit suivre l'execution de la clause, soit, d'une valeur inestimable, les hommes estant infirmes, ne peuvent sans un secours extraordinaire operer de grandes choses ; j'avoüe qu'on ne gagne pas le Ciel facilement, qu'on ne le gagne qu'à la faveur de cent combats: mais je pretens faire voir que Dieu ne propose rien d'impossible, rien d'injuste, & que comme les fins surnaturelles demandent des moyens surnaturels, Dieu ne nous refuse que ce qui ne nous est pas necessaire. Si le texte presche la foy, l'on pourra dire : Tout est miracle, dit un Ancien, en effet, Messieurs, à bien observer la nature, l'on ne remarque en ses productions que des effets admi-

rables, & il est certain, quelque sçavans
que nous puissions estre, que cent causes
échapent à nôtre connoissance; N'aurions
nous pas mauvaise grace, en matiere
de Religion, de ne croire pas ce que
nous ne pouvons pas comprendre; puis
que Dieu peut plus que la Nature, &
que la Nature ne peut même rien sans
Dieu: cependant, si tous les hommes
estoient croyans, Iesus-Christ n'exciteroit pas les hommes à croire, & nous ne
serions pas obligez aujourd'huy, à l'imitation de Iesus-Christ, de porter les hö-
mes à la foy: mais pour les y porter avec
efficace, je feray voir non seulement qu'il
est raisonnable de croire, mais encore
qu'il est avantageux d'estre croyant. Si
le texte presche l'esperance, l'on pourra dire: Nous devons esperer, Messieurs, puis que la Verité même veut que
nous esperions: mais comme l'esperance
ne regarde que les biens difficiles, Iesus-Christ veut que pour participer à sa
gloire, nous participions à ses souffrances; cette resolution m'oblige de vous entretenir de l'excés & du défaut de l'esperance, & de vous montrer comment
l'on doit éviter les extremitez; parce

qu'icy les mêmes causes produisent les mesmes effets, que ceux qui presument trop, & que ceux qui ne presument pas assez de la bonté de Dieu se relâchent, & qu'à moins d'avoir une idée claire du milieu des vertus, il est aisé de s'en écarter. Si le texte presche la charité, l'on pourra dire : *Si nous faisions à autruy ce que nous voudrions qu'on nous fist, il ne seroit pas necessaire de vous exciter à estre charitables, il suffiroit de vous exciter à l'estre pour l'amour de Dieu ; parce qu'il y a des gens, qui ne sont officieux que par des motifs humains, & que ceux qui ne le sont que par ces motifs, ne peuvent tout au plus esperer que des recompenses temporelles: mais outre que l'homme, côme dit le Proverbe, est ordinairement un loup à l'homme, la pluspart de ceux qui semblent s'acquitter des devoirs d'un Chrestien, n'ont que des veuës charnelles, craintives & interessées: & c'est pour cette raison que j'entreprens aujourd'huy de faire voir, qu'à moins que d'aimer le prochain pour l'amour de Dieu, & Dieu pour l'amour de luy mesme, l'homme est indigne de la possession du Ciel.*

Si le texte propose la palme, la fourmy, ou quelqu'autre mixte, il faudra tirer de leurs vertus une proposition generale; & ainsi si la palme est la chose proposée, la proposition generale sera, *qu'il faut toûjours tendre en haut* : & si la fourmy est la chose proposée, la proposition generale sera, *qu'il faut toûjours penser à l'avenir.*

Je n'aurois jamais fait, si j'entreprenois de rapporter tout ce que les textes peuvent enfermer : mais il suffit de sçavoir, qu'il faut considerer sur toute chose, comme j'ay déja dit, les intentions du texte, & que c'est de ces intentions, comme des entrailles de la chose, qu'on doit tirer non seulement la proposition generale, mais encore tout ce qu'on bastira dessus.

EPISTEMONT.

La division, comme l'Avant-propos, a ses difficultez, & il ne sera pas hors de propos de s'étendre sur elle.

EVSEBE.

Quand le premier point de la division renferme bien des choses , il faut,
avant que de tomber sur le second
point, remettre comme devant les
yeux ce qu'on a representé ; parce qu'il
faut faciliter la memoire, & que la recapitulation la facilité. Un membre
de la division, ne doit pas renfermer
un autre membre ; la raison de cela est,
qu'on pousse le premier membre, ou
qu'on ne le pousse pas ; que si on le
pousse, l'on épuise la matiere, & que
si on ne le pousse pas, l'on ne remplit
pas toute l'étendue de son sujet ; Ajoûtez à cela , que ceux qui parlent amplement sur le premier membre, tombent
en redites, qu'ils ne disent presque rien
sur le membre contenu, que ce qu'ils ont
d. . . le membre contenant ; & que
quelques inventifs qu'ils puissent estre,
ils ne donnent tout au plus qu'une fa-
ce differente aux mêmes choses ; Celuy
dont l'on a cy-devant fait la Critique,
pecha contre cette regle, lors qu'il dit
qu'il falloit combatre la cupidité &

l'avarice ; parce que l'avarice comme
espece renferme son genre, que la cupidité est un desir general, que ce desir
est appellé *avarice*, lors qu'il en veut
aux biens, que ce desir est appellé *luxu-
re*, lors qu'il en veut aux sensualitez,
& que ce même desir est appellé *ambition*, lors qu'il en veut aux honneurs.
Ce n'est pas estre peu hardy que de
fonder un Sermon sur une division al-
legorique ; parce qu'il est comme impossible que la confirmation ait un juste rapport avec des termes figurez, &
que pour peu qu'elle tombe dans la dis-
convenance, elle est insuportable. Un
jeune Feüillant faisant un jour à saint
Germain de l'Auxerrois le Panegyrique d'un Saint, distribua son sujet en
teste, en bras & en pieds ; & comme si
sans cette distribution il n'eût pû faire
voir que son Heros avoit esté judicieux,
brave, & diligent, il ne rapporta aucune action considerable, qu'il ne la
baptisât du nom de teste, debras, ou de
pied.   Un Predicateur doit connoistre
du moins les proprietez de la chose
dont il veut faire la distribution ; parce
qu'il faut, que les distributions soient

juftes , & que pour ne luy point attri-
buer des effets contingens & equivo-
ques, il faut fçavoir les differences qu'il
y a entre elle & les autres chofes. Les
divifions qu'on appelle *heureufes* , ne
portent pas moins cette épithete par
rapport au vafte champ de la Morale,
qu'au fens dominant du texte ; parce
qu'il ne fuffit pas de fatisfaire l'efprit,
qu'il faut toucher le cœur, & que quand
le cœur n'eft pas touché , l'efprit n'eft
pas abfolument le maiftre. Une chofe
peut recevoir autant de divifions, qu'elle peut recevoir d'envifagemens : mais
une chofe eft ordinairement divifée, ou
en fes efpeces , ou en fes parties , ou en
fes proprietez ; *L'union*, par exemple,
eft divifée en fes efpeces, lors qu'elle eft
divifée en naturelle , en myftique & en
fpirituelle ; La vertu eft divifée en fes
parties , lors qu'elle eft divifée en con-
noiffance, en liberté & en rettitude ; La
grace enfin eft divifée en fes proprietez,
lors qu'elle eft divifée en illumination,
en motion & en fanctification.

PHRYNE

PHRYNE.

Un membre, difiez vous n'agueres,
ne doit pas renfermer un autre membre ; cependant il y a deux ou trois
jours qu'un homme qui paffe pour fçavant, dit en une Compagnie où j'eftois,
que trois parties conftituoient l'action
humainement charitable, & que les
trois parties qui la conftituoient, étoient
la compaffion, le fecours, & la promp-
titude.

EVSEBE.

Outre que les Stoïques fecou-
roient les affligez, & qu'ils les fecou-
roient de fang froid, il y a des often-
tatifs qui ne fecourent les affligez, que
pour paffer pour fecourables ; fi bien
qu'on peut dire que la raifon ou la vanité fait faire aux uns, ce que la tendreffe fait faire aux autres. Difons plus,
la tendreffe ne renferme pas toûjours
le fecours, & le fecours ne renferme
pas toûjours la promptitude ; parce
qu'il y a des gens qui font compatif-
fans, & qui font pauvres, qu'il y a des

gens qui font fecourables , & qui font
incommodez, & que ceux qui font incommodez balancent quelque temps,
s'ils feront , ou s'ils ne feront pas ce
qu'enfin ils font.

POLYANTE.

Ou je me trompe bien , ou la divifion que vous avez faite des effets de la
grace, pourra eftre combattuë par vos
propres regles.

EVSEBE.

Tout ce qui éclaire ne ment pas , *je*
connois le meilleur, dit le Poëte, *& je*
fuy le pire ; *tout ce qui émeut mefme ne*
fantifie pas ; *je fens de fortes touches,*
dit un Ancien,*& contre mes bonnes in-*
fpirations , *mes méchantes habitudes*
me font faire ce que je ne devrois pas
faire.

CESONIE.

Il me femble, à revenir aux regles de
la divifion , qu'il eft quelquefois inde-
cent de faire des divifions corporelles

parce qu'il y a des choſes qui renferment en ſoy quelque vergogne.

S O C R A T E.

Quand la choſe renferme en ſoy
quelque vergogne , il ne la faut pas
diviſer corporellement ; parce qu'on
la diviſe ou en toutes ſes parties, ou en
quelques unes ; Que ſi on la diviſe en
toutes ſes parties , quelques-unes de
ſes parties offencent les oreilles, & que
ſi on ne la diviſe qu'en quelques-unes,
les parties qu'on obmet ſaliſſent l'imagination.

E V S E B E.

Il ne faut pas que la diviſion convienne à cent autres ſujets, & quand
dans les Panegyriques l'on ne trouve
que comme les meſmes fondemens, il
faut chercher un texte qui convienne
plus aux circonſtances des vertus
qu'aux vertus mêmes , & qui donne
lieu, par conſéquent, de diverſifier lla
diviſion ; Il ne faut pas que la diviſion
contienne des membres conteſtez, parce que pour prouver , par exemple ,

qu'un homme qui n'eft pas mort par
la main du boureau, n'a pas laiffé de
fouffrir le martyre, l'on eft contraint
de tomber dans des diftinctions Scola-
ftiques ; que la plufpart de ces fortes
de diftinctions font tirées par les cheveux, & qu'elles font à la plufpart
des Auditeurs un pur galimatias ; Il ne
faut pas que la divifion foit embaraf-
fante, & fi elle l'eft, il faut du moins
que ce qui demefle le fujet du difcours,
furprenne agreablement l'Auditeur ;
& ainfi 'aprés avoir dit, par exemple,
que la vaillance eft hardie & retenuë,
l'on furprend agreablement l'Audi-
teur, lors qu'on fait voir que le cou-
rage eft purement naturel, que la
vaillance eft en partie naturelle & en
partie aquife, que le courage & la pru-
dence compofent la vaillance ; que le
courage eft impetueux, que la prudence
eft moderée, que le courage eft un
éperon, & que la prudence eft une bri-
de. Il ne faut pas que la divifion renferme quelque contradiction, & c'eft
pour cette raifon qu'il faut pefer toutes les parties qui font le partage du
difcours. Un certain Predicateur par-

lant de fainte Terefe dit, *que la Sainte n'avoit rien aimé comme Dieu n'avoit rien aimé que Dieu, & n'avoit rien aimé aprés Dieu*, mais icy le premier membre combat le fecond ; parce qu'il ne s'enfuit pas qu'on n'aime que Dieu, lors qu'on n'aime rien comme Dieu; que le *comme* là eft un terme de comparaifon , & que la comparaifon en cét endroit fuppofe deux objets inégalement aimez.

EPISTEMONT.

Les textes heureux facilitent la divifion.

EVSEBE.

Il eft conftant qu'ils la facilitent.

SOCRATE.

Un Ecclefiaftique faifant le Panegyrique de S. Benoift, prit pour texte, *Et erit fepulcrũ eius gloriofum.* Et un autre Ecclefiaftique faifant le Panegyrique de fainte Madelaine , prit pour texte *Implebit ruinas ;* Je trouvay que ces

deux textes eſtoient heureux, parce que
ſaint Benoiſt comme enſeveli tout vi-
vant dans une grotte y contracta des
vertus admirables, & que ſainte Madelaine repara hautement les bréches
qu'elle avoit faites à la gloire de Dieu.

POLYANTE.

Toutes les diviſions qui ſemblent ſe
contredire, ne ſe contrediſent pas:
mais il faut, à mon avis, pour bien
retirer l'Auditeur de ſon étonnement,
alleguer de fortes raiſons.

EVSEBE.

Quelques-uns diſent preſchant la
Feſte de tous les Saints, que les Saints
ſont Roys, & qu'ils ne ſont pas libres,
que les Saints ſont Chreſtiens, & qu'ils
ne ſont pas fideles, que tous les Saints
enfin ſont amans, & qu'ils ne ſont
pas jaloux; ils ne diſent en cela ce qu'ils
diſent, que parce que les Saints ne
peuvent haïr au Ciel ce qu'ils aiment,
que les Saints ne voyent plus au tra-
vers des voiles; & que comme Dieu

en se donnant à un Saint, ne se dérobe
pas à un autre, les Saints n'ont pas
lieu d'estre jaloux; mais il faut que les
oppositions soient justes, & que dans
le demeslement la verité paroisse evi-
dente.

PHRYNE.

Que vous semble, Messieurs, de
ceux qui donnant à la principale division quatre membres, ne preschent
que sur quelques points?

EVSEBE.

Quoy qu'il faille diviser les choses
selon l'estenduë de sa matiere, l'on peut
remettre quelques points : mais quand
la partition est grande, il faut dire,
pour prevenir le chagrin de l'Auditeur,
ou qu'on parlera peu sur chaque point,
ou qu'on se contentera de parler à
fond des points principaux.

POLYANTE.

La division sur laquelle l'on a dit de
belles choses, est ordinairement suivie
de sub-divisions.

EVSEBE.

Un membre de division peut eftre
fub-divifé au regard des circonftances;
Le fecours, par exemple, qui n'eft qu'u-
ne partie integrante de la compaffion,
peut eftre fub-divifé au regard des perfonnes , des lieux & des temps ; une
perfonne fecourable peut eftre loüée
de ce qu'elle n'affifte feulement pas fes
parens , fes amis , fes voifins, mais encore fes ennemis ; Elle peut eftre loüée
encore de ce qu'elle n'affifte feulement
pas ceux aufquels il refte quelque ef-
perance , & dont elle peut recevoir
quelque gratitude : mais encore ceux
qui font abandonnez des grands & des
petits , & dont elle ne recevra jamais
aucune reconnoiffance;Elle peut eftre
loüée encore de ce qu'elle ne fecourt
feulement pas les fains , mais encore
les malades, de ce qu'elle ne fecours
feulement pas ceux dont les maladies
font incommunicables , mais encore
ceux dont les maladies font contagieu-
fes ; Elle peut eftre loüée encore , de
ce qu'on ne la voit feulement pas fre-
quament

quament à l'*Ave Maria*, aux nouvelles Catholiques , aux Capucines , &
aux Magdelonnettes , mais encore aux
Hofpitaux & aux Prifons , aux lieux
où la confolation previent le defefpoir,
& où les fervices foulagent les maux;
Elle peut eftre loüée enfin, de ce qu'encore que le temps foit incommode, de
ce qu'encore que les Miniftres foient
durs , de ce qu'encore que les affaires
foient facheufes , elle n'eft point in-
terrompuë en fes charitez par le froid,
ny par le chaud, par la pluye ny par la
neige, par les impôts ny par les taxes,
par les rigueurs du prefent ny par les
menaces de l'avenir. Mais pour revenir
aux fub-divifions,il eft conftant qu'elles
n'embaraffent quelquefois pas moins
la memoire de ceux qui parlent que de
ceux qui écoutent , & que Biroat tom-
boit quelquefois dans des fubdivifions
fi frequentes , qu'il avoit quelquefois
bien de la peine à revenir aux principaux membres de la divifion.

POLYANTE.

La plufpart des efprits frequemment
3. P.   E

divisifs ne sçavent pas grand'chose.

HEPHESTION.

Ceux qui n'ont pas assez de fond pour soûtenir la division fondamentale, recourent à des sub-divisions frivoles, & certes l'on peut dire que sans ce secours les Predicateurs naissans ne seroient pas long-temps en Chaire.

SOCRATE.

L'on ne divise quelquefois que dans le second Exorde.

EVSEBE.

Ceux qui sont plus remplis de choses que de mots, divisent ordinairement d'abord, & s'ils divisent dans le second Exorde, ce n'est souvent, ou que quand ils parlent sur un mystere, ou que quand ils font un Panegyrique.

PHRYNE.

Le Pere Bourdalou, qui est un grand

Maiſtre, comme tout le monde ſçait, en matiere de Predication, diviſe ordinairement devant l'*Ave Maria.*

E P I S T E M O N T.

La diviſion exige une ſeconde tranſition, quand elle eſt faite dans le premier Exorde; & outre qu'elle fait perdre quelque temps aux Auditeurs, elle coûte ſouvent plus qu'elle ne vaut.

E V S E B E.

Une ſeconde tranſition ne conſiſte quelquefois qu'en dix ou douze mots, & quand elle eſt ingenieuſe, elle repare bien le temps qu'elle a fait perdre.

H E P H E S T I O N.

La premiere diviſion doit eſtre extraordinairement intelligible, parce qu'elle doit exprimer le deſſein du Predicateur, & qu'on ne tient compte de ſuivre dans la preuve, celuy qui a eſté obſcur dans la diſtribution.

g ij

POLYANTE.

Tous nos polis se piquent de tourner polyonymiquement le partage du
discours: mais la pluspart d'entr'eux ne
se ressouviennent pas, que ce qui doit
estre le plus clair, doit estre le plus
simple, que la polyonymie est toûjours
metaphorique,& qu'encore qu'elle ait
esté particulierement inventée, pour
dire d'une façon, ce que l'Auditeur
n'entendroit peut-estre pas d'une autre
maniere, elle est ordinairement plus
belle qu'utile.

EPISTEMONT.

L'on peut pour l'ornement du discours user de polyonymie; mais il faut
pour le bien des Auditeurs reduire les
figures de la division à la simplicité des
termes, & lors qu'au lieu de suivre cette methode, l'on reduit les termes simples aux termes figurez, l'on embarasse
la pluspart de ses Auditeurs.

SOCRATE.

Il ne suffit pas, ny de bien diviser son dessein, ny de bien exprimer sa division, il faut bien remplir son sujet, & pour le bien remplir, il faut suivre l'ordre qu'Eusebe a prescrit.

POLYANTE.

Il faut recourir aux authoritez, aux raisons, aux similitudes & aux exemples.

HEPHESTION.

L'authorité des Ecritures & des Peres est de grand poids; Les raisons, de quelque lieu mesme qu'elles viennent, sont toûjours considerables, lors qu'elles sont pressantes; Les similitudes popularisant les matieres, ont le secret de les éclaircir; & c'est sans doute pour cette raison, qu'on dit qu'encore qu'elles ne soient pas de grandes preuves, elle ne laissent pas d'estre de grandes illustrations ; enfin les mêmes exemples qui prouvent la possibilité des

g iij

chofes, aiguillonnent les courageux &
confondent les lafches;

EVSEBE.

Quelques-uns font difficulté d'ufer
des témoignages humains, & ils alle-
guent pour raifon, qu'il ne faut pas que
les Livres profanes foient les garants
des veritez Evangeliques : mais outre
qu'il eft quelquefois à propos pour
faire honte aux Chreftiens de raporter
ce que les Payens font dit d'édifiant :
le bon fens eft de toutes les conditions, & il regne quelquefois plus chez
les Philofophes que chez les Docteurs;
enfin l'on peut tirer du profit des chofes, dont la plufpart des Payens n'ont
tiré que de la gloire ; & pour parler
comme un Moderne, on peut baftir le
Temple de Salomon des richeffes du
Roy Siram.

POLYANTE.

Hors l'authorité de l'Ecriture & des
Peres, les authoritez ne valent que ce
que les raifons les font valoir.

CESONTE.

Je connois un Predicateur qui ne fait pas grand estat des allegations, & qui bien éloigné de ne pas raisonner, raisonne trop.

SOCRATE.

Il n'est pas toûjours bon de pousser les matieres, parce que tous les Auditeurs ne font pas sçavans, & qu'un discours remply d'instances & de refutations, est capable d'embarasser les esprits foibles.

EVSEBE.

L'on peut se faire des objections, mais il ne faut pas que l'attaque soit plus forte que la risposte.

HEPHESTION.

Il ne faut pas imiter en cela un certain Religieux de saint Victor, qui prêchant dernierement à saint Germain

de Lauxerrois , répondit tres-foible-
ment à une tres-forte objection , &
pour ne le point imiter en cela, il faut
passer sous silence ce qu'on ne peut resoudre.

POLYANTE.

Ceux qui ne font pas ce qu'on vient
de dire , fortifient le libertinage , &
ébranlent la fidelité, donnent des maf-
suës aux uns, &des roseaux aux autres.

SOCRATE.

Quoy qu'on puisse dire par forme
de prevention , *Vous me direz peut-
eftre* , *&c.* il faut que le *mais* soit toûjours plus considerable que le *vous* ;
parce que la fin de la prevention est
d'opposer la foiblesse à la force, & que
la fin de l'opposition , en matiere de
combat d'esprit , est de rendre la victoire plus éclatante.

HEPHESTION.

Quelque déference que j'aye pour
les témoignages sacrez , je ne suis pas

peu aiſe quand j'entens un Predicateur
qui fait de ſon Sermon un mélange
d'excellentes choſes.

POLYANTE.

Un Eccleſiaſtique doit bannir de ſes
Sermons les réveries des Rabbins, & les
viſions des Poëtes; & quand il ne remplit ſes Sermons que de bagatelles, on
pourroit luy faire les reproches qu'un
Lacedemonien fit au Roſſignol, c'eſt
à dire qu'on pourroit luy dire, *tu n'es
enfin qu'une voix.*

CESONIE.

La pluſpart des beaux eſprits aiment
mieux les raiſons que les authoritez.

PHRYNE.

Quoy qu'on puiſſe dire, comme ce
qu'on preſcrit aux Chreſtiens, eſt ſouvent contraire à la nature, il faut, ce
me ſemble, pour appuyer fortement
une Morale ſurnaturelle, recourir aux
authoritez Divines.

SOCRATE.

Je ne defapprouve pas les authoritez, mais la pluspart des Predicateurs ne penfant pas tant à dire ce qu'il faut di-re, qu'à dire tout ce qu'on peut dire, furchargent la memoire.

CESONIE.

Les authoritez facrées, en matiere de Religion, ne font pas peu confide-rables : mais quoy que je les refpecte, je voudrois, ou qu'elles ne fuffent pas fi frequentes, ou qu'elles ne fuffent pas fi frequemment repetées en Latin.

EVSEBE.

L'on ne doit rapporter le Latin, que quand ce qu'on dit eft douteux, hardy, ou comme inexprimable.

EPISTEMONT.

Lors que les chofes font foûtenuës d'elles-mefmes, à quoy bon les autho-ritez ?

EVSEBE.

Quand un Predicateur enseigne, il faut souvent qu'il fasse voir d'où il tire le fond de sa doctrine, parce qu'il enseigne souvent des veritez surnaturelles : il n'en est pas de même, quand il moralise, porce qu'alors il n'exige que le bon sens, & que pour obtenir ce qu'il exige, il suffit qu'il rapporte des raisons & des exemples.

SOCRATE.

Quand les authoritez sont Grecques, il faut ou les rapporter en Grec, ou les exprimer d'abord en François ; & comme il seroit ridicule de rapporter en Grec saint Augustin, il seroit pareillement ridicule de rapporter en Latin saint Chrysostome.

POLYANTE.

Encore que les authoritez soient quelquefois tres-fortes, Boëce les appelle en general, *le secours de ceux qui*

manquant de raisons, sont contraints
de s'en rapporter à la foy d'autruy.

EVSEBE.

Ce Romain traite les authoritez de
preuves tres-foibles , mais il ne faut
pas confondre , par exemple, les Prophetes avec les sçavans , les Apostres
avec les Philosophes ; parce qu'il n'est
pas des authoritez sacrées , comme des
autoritez humaines , que les autoritez
sacrées sont toûjours convainquantes,
& que les authoritez humaines ne sont
pas toûjours invincibles, que ceux qui
parlent par l'esprit de Dieu , ne peuvent errer, & que ceux qui parlent par
l'esprit de l'homme, peuvent faillir.

HEPHESTION.

Quoy que les profanes , comme dit
un Moderne , soient étrangers en la
maison de Dieu , neanmoins S. Paul
allegue quelquefois le Poëte Aratus;
& il me semble qu'à son imitation l'on
peut quelquefois alleguer les profanes.

THRYNE.

L'on allegue à prefent les raifons des Philofophes, mais l'on tait le nom de ceux dont on les tire.

EVSEBE.

Saint Paul a efté fort fobre en matiere d'allegation humaine, & s'il a cité quelques prophanes, ce n'a efté que parce que voulant convertir les Atheniens, il a efté obligé de rapporter l'authorité de ceux dont ils faifoient état. Les Peres de l'Eglife font preferables aux Poëtes, ils font remplis d'excellentes chofes, & ils ont efté infpirez du faint Efprit.

EPISTEMONT.

Quelque grands hommes qu'ils ayent efté, ils ont quelquefois efté differens en explication.

EVSEBE.

Ils ont quelquefois efté differens en

explication, je l'avouë, mais ce en quoy ils ont differé, n'a jamais esté essentiellement opposé à la veritable Doctrine.

PHRINE.

L'on a parlé des raisons & des simi-litudes, mais il me semble qu'on n'en a gueres parlé.

EVSEBE.

Il est mal-aisé d'épuiser tout d'un coup une vaste matiere, chaque point requiert son examen en son temps.

CESONIE.

Comme la nuit s'approche, n'enga-geons point Eusebe à parler davanta-ge, contentons-nous de l'engager à nous entretenir du même sujet à la pre-miere rencontre.

EVSEBE.

Je continueray, si l'on veut, le dis-cours, ma volonté sera toûjours la vo-lonté de la Compagnie: mais comme le jour nous quitte, il nous oblige à nous entrequitter.

POLYANTE.

Il n'est pas si tard qu'on pense, les nuës se dissipent, & nous ne verrons pas moins clair dans une petite heure qu'à present.

THRYNE.

Ecoutons donc encore Eusebe, la raison veut qu'il recommence à parler des raisons.

EVSEBE.

Comme il y a plusieurs sortes d'argumens, quelques-uns affectent le denombremēt, & quelques autres la gradation; quelque-uns vantent l'argument cornu, & quelquesautres l'entimême; enfin quelque uns sont pour l'exemple, & quelques autre pour le syllogisme.

EPISTEMONT.

Le denombrement est pompeux, la gradation est captieuse, le dilemme est pressant, l'enthiméme est familier, l'exemple est suspect, le syllogisme est pedantesque.

SOCRATE.

Un Predicateur fit dernierement voir par le denombrement le grand usage de la priere; *La priere, dit-il, Messieurs, est de grande efficace, ce fut par elle que Ionas sortit de la baleine, que les Israëlites passerent à pied sec la mer rouge, que saint Pierre rompit ses liens, que les enfans de la fournaise furent épargnez : Et si ce que je dis,* continua-t'il, *ne reçoit point de doute, pourquoy n'y recourons-nous pas, puis qu'il s'agit de nous délivrer d'une baleine plus effroyable que celle de Ionas ; d'une mer plus orageuse que celle des enfans d'Israël ; d'une prison plus obscure que celle de saint Pierre ; d'un feu plus vehement que celuy de la fournaise de Babylone ?*

PHRYNE.

PHRYNE.

Un autre Predicateur vantant l'humilité fit voir aussi par le denombrement la force de cette vertu. *La Madelaine, dit-il, gagna Iesus Chrift, parce qu'elle lava fes pieds, & qu'elle les essuya avec fes cheveux ; le Centenier obtint la guerifon qu'il en fouhaitoit, parce qu'il ne crût pas eftre digne de fa visite; la Cananée enfin le toucha, parce qu'elle le pria de la considerer au moins comme une chienne.*

POLYANTE.

Comme la matiere du denombrement eft grande, elle demande pour la pousser plus de temps qu'il ne nous en reste ; Eusebe a déja parlé plus qu'il ne vouloit, n'exigeons point de luy une feconde complaisance.

h

QUATRIE'ME
CONVERSATION
SUR LA
PREDICATION.

CESONIE.

LE commencement du denombrement finit la Conference preceden-
te, il nous tardoit qu'on ne poufsât la
matiere, il nous tarde encore qu'on ne
la pouffe.

HEPHESTION.

Eufebe, quelque enfevely qu'il foit
dans la devotion, confidere les Dames,
& il feroit confcience de les faire lan-
guir.

EVSEBE.

Il y a plufieurs fortes de denombre-

ment, il y a le denombrement defini-
tif, le denombrement integrant, le denombrement generique, le denombrement descriptif & le denombrement
exemplaire. Le denombrement *defini-
tif* n'a usage dans la Predication, que
lors qu'on veut expliquer la chose sur
laquelle on veut parler; & ainsi ayant à
discourir du zele l'on pourra dire : *Le
zele est un amour consommé*, & l'amour
& la consommation seront les parties
du zele, ou si l'on veut, ce seront le genre & la difference. Le denombrement
integrant n'a usage dans la Predication,
que lors qu'on veut montrer que la
perfection d'une chose dépend d'un
certain nombre de qualitez ; & ainsi
ayant à parler d'un veritable Juge, l'on
pourra dire, que *le veritable Juge est celuy qui est jurisprudent, actif, desinteressé, & incorruptible*; & la jurispru-
dence, l'activité , le desinteressement
& l'incorruptibilité seront les parties
integrantes du veritable Juge. Le denombrement *generique* n'a usage dans
la Predication, que lors qu'on veut
montrer l'étenduë d'une chose ; & ainsi
ayant à discourir de l'habitude, l'on

pourra dire, que *l'habitude s'étend sur la vertu & sur le vice*, & la vertu & le vice seront les especes de l'habitude. Le denombrement *descriptif* n'a usage dans la Predication, que quand l'on veut s'étendre sur les circonstances d'une action ; & ainsi ayant à parler de l'humilité de la Cananée l'on pourra faire fort non seulement sur les paroles méprisantes du Seigneur, mais encore sur les parties modestes qui les ont suivies ; & le mépris & les reparties seront les matieres de la description. Enfin le denombrement *exemplaire* n'a usage dans la Predication, que quand l'on veut prouver une proposition que par quelque chose de specieux ; & ainsi ayant à faire voir que comme Dieu aime ceux qui l'aiment, il exauce leur priere, l'on pourra dire qu'*Elie demanda la pluye, & qu'elle devint universelle, que Salomon demanda la sagesse ; & qu'il reçeut de nouveaux rayons, que Iudith demanda la délivrance de Bethulie, & que les Assyriens décamperent, que Susanne demanda la conviction des vieillards, & que les vieillards furent confondus.*

POLYANTE.

Le denombrement exemplaire peut s'étendre sur une infinité de choses.

EVSEBE.

Si l'on veut prouver par ce denombrement, que la pluspart des Divinitez payennes estoient vicieuses, que la pluspart des anciens Legislateurs estoient déraisonnables, que Dieu donne plus qu'on ne demande, que les personnes les plus élevées sont souvent les plus fautives, que Dieu envoye des disgraces pour diverses raisons, que la pluspart des Heresiarques ont pery, qu'en de certaines rencontres les plus sages ont eu recours à la fuitte, enfin que la pluspart des conditions sont dignes de reproche; L'on pourra dire à parcourir par ordre les propositions, que Jupiter estoit adultere, que Mercure estoit larron, que Mars estoit meurtrier, que Venus estoit impudique, que Bacchus estoit dissolu, & que Pluton estoit avare; Que les Legislateurs des

h iij

Spartes permettoient la Sodomie,
que les Legiſlateurs des Perſes permettoient l'inceſte, que les Legiſlateurs des
Scythes permettoient le meurtre, &
que les Legiſlateurs des Romains (au
moins en de certains cas) permettoient
l'inhumanité; Qu'Ezechiel ne demanda qu'une petite prolongation de vie,
& qu'il receut de Dieu une prolongation de quinze années, que le Lepreux
ne demanda que la ſanté du corps &
qu'il receut la ſanté du corps & de l'a-
me; que Zachée ne ſouhaita ſeulement
que de voir Jeſus-Chriſt, & qu'il eut
le bonheur d'eſtre ſon hoſpitalier; que
le bon larron ne demanda qu'un reſſou-
venir, & qu'il fut heureux le même
jour qu'il fut ſupplicié; Que les Politiques entreprennent toûjours les ſedi-
tieux, & qu'ils allument quelquefois
chez les étrangers l'eſprit de ſedition;
que les Generaux d'armée maltraittent
toûjours les pillards, & qu'ils touchent
quelquefois à l'argent des troupes; que
les Juges font toûjours ſonner haut les
Loix, & que quelquefois pour la faveur
ils ne reſpectent ny Canon ny Coûtu-
me; que les Evêques preſchent toû-

jours aux Pasteurs la residence, & qu'ils
font quelquefois des années entieres à
la Cour ; Que Dieu envoya des dif-
graces à Herode & à Antioche pour
punir le peché, qu'il en envoya à Ezechiel pour prevenir le mal, qu'il en
envoya à Nabuchodonosor, & à Ma-
nasses pour empescher le cours du vice, qu'il en envoya à Pharaon pour
confondre l'opiniastreté, qu'il en envoya à Jacob & à Thobie pour exercer la vertu ; que Montanus eut recours
à la corde, que Manes tombant entre
les mains du Roy de Perse, fut écor-
ché tout vif, qu'Arrius rendit l'ame
avec les intestins, que Nestorius avant
que de mourir eut la langue mangée
de vers, que Timothée ayant infecté
tout l'Orient de l'heresie d'Eutiche,
trouva la mort à l'entrée de l'Eglise de
Constantinople. Que Moïse apprehendant Pharaon, se retira vers les
Madianites, que David apprehendant
Saül se retira en une caverne, qu'E-
lie aprehendant Jezabel se retira de
sa presence, & que Jesus-Christ même aprehendant, ce sembloit, les Juifs,
se retira en Galilée. Que le Marchand

furvend, que l'Avocat épargne la partie adverfe, que le Juge favorife le puiffant, que le puiffant foule l'indéfendu,
que le Partifan fucce le peuple , que
le Capitaine vole le Soldat , & que le
Soldat tyrannife l'hofte.

PHRINE.

Il me femble qu'encore que vous
ayez étably plufieurs efpeces de dé-
nombremens , vous en avez obmis
quelques-unes. Je voyois dernierement
dans un Livre, que Dieu avoit tiré des
herefies l'affermiffement de la Foy,
que Dieu avoit tiré des fcandales l'édi-
fication' de l'Eglife , que Dieu enfin
avoit tiré de la tyrannie des grands l'é-
preuve des gens de bien ; & cependant
je ne vois pas que les cinq efpeces de
dénombrement renferment le dénombrement des caufes comme contraires.

CESONIE.

Je voyois auffi dernierement dans
un Livre de devotion, que les Apoftres
eftoient la lumiere du monde, le fel
de

de la terre, les colomnes de l'Eglise, les
Affeſſeurs du Souverain Juge de l'U-
nivers; & cependant je ne vois pas non
plus , qu'on ait renfermé dans les cinq
eſpeces de dénombrement , le dénombrement des qualitez ſuréminentes.

E V S E B E.

Peut-eſtre n'ay-je pas fait un dénombrement exact des eſpeces de dénombrement , auſſi ne me ſuis-je propoſé
que de rapporter les eſpeces les plus
ordinaires ; & ſi en cela même j'ay
manqué , mon défaut de preſence fait
bien voir, que quelque éclairé qu'on
ſoit en de certaines choſes , il échappe
toûjours quelque choſe.

ET I S T E M O N T.

Comme le dénombrement eſt éclatant , il ſemble plus propre aux Panegyriques qu'aux Evangiles.

E V S E B E.

En effet, il ſemble eſtre conſacré aux
3. P.   i

grandes actions , & je penfe même
qu'il ne doit pas eftre moins affecté
dans l'Epilogue que dans le corps du
difcours, parce qu'il n'a pas moins la
vertu d'émouvoir que de convaincre.

EVSEBE.

Il ne doit pas eftre moins affecté dans
l'un que dans l'autre : mais dans le
corps du difcours il doit eftre prononcé avec grande diftinction, & dans l E-
pilogue il doit eftre prononcé avec
grande vehemence.

POLYANTE.

La gradation qui doit fuivre icy le
dénombrement, avoit autrefois bien
de la vogue.

EVSEBE.

Cette efpece d'argument , qui eft
la trop frequente maniere de difcourir
d'un certain Recolet, n'a gueres moins
d'éclat que le dénombrement ; & fi le
dénombrement marque le fond de la
lecture, la gradation marque l'exacti-

tude des connoiſſances : mais peu de gens connoiſſent la ſuite neceſſaire des propoſitions , & il arrive ſouvent delà, que les propoſitions qui ſont tirées les unes des autres, ſont tirées, comme on dit, par les cheveux.

SOCRATE.

Quoy que l'argument cornu ſoit de la derniere force, il n'eſt ordinairement employé que dans les Controverſes.

EVSEBE.

J'avouë qu'il eſt comme invincible, lors qu'il eſt compoſé de propoſitions immediates : mais à dire le vray, les bons argumens cornus ſont fort rares.

CESONIE.

L'on vouloit dernierement nous détourner d'aller au bal , & pour reüſſir en cela l'on nous dit: *On vous tenterez, ou vous ſerez tentées : mais nous répondiſmes , que nous eſtions trop laides pour tenter, & que nous eſtions trop*

i ij

*indifferentes pour eſtre tentées : & par
conſequent, que nous ne devions pas
nous défendre d'aller au bal.*

HEPHESTION.

Encore que je ne convienne pas de tous
les membres de voſtre réponſe, j'avouë
neanmoins avec Euſebe, que les bons
dilemmes ne ſont pas communs.

SOCRATE.

L'enthimême eſt en uſage chez les
honneſtes gens, parce que ſi la propoſition qu'on ſous-entend eſtoit expri-
mée, l'argument ſentiroit l'air de l'E-
cole.

EPISTEMONT.

En effet, il eſt plus naturel de dire,
par exemple : *La ſcience perfectionne
l'entendement, elle merite donc d'eſtre
deſirée,* que de dire: *Tout ce qui perfectionne l'entendement merite d'eſtre de-
ſiré, la ſcience perfectionne l'entendement : donc elle merite d'eſtre deſirée,*

POLYANTE.

Il est puerile d'exprimer la premiere proposition, quand tous ceux qui ont du sens en conviennent ; que si elle est douteuse, il ne faut pas fonder sur elle une conclusion, parce que comme douteuse elle engageroit celuy qui parleroit, à une suite de syllogismes, & que la suite des syllogismes n'est ordinairement bien receuë que sur les bancs.

SOCRATE.

L'exemple seul n'est pas persuasif ; il ne s'ensuit pas, par exemple, que Guillaume soit sauvé, de ce qu'il a fait ce qui a operé le salut de Jacques ; parce que la fin condamne ou justifie, & qu'encore que les actions soient semblables, les fins peuvent estre differentes.

EVSEBE.

Le syllogisme que les polis rejettent, n'est pas toûjours à rejetter, il est digne d'estre employé, lors que ce qu'on de-

DE LA PREDICATION.

bite ne semble pas à quelques-uns
univerfellemēt vray:mais il faut qu'on
foit affuré de l'induction, & lors qu'on
en eft affuré,le fyllogifme prepare une
vafte carriere à l'Eloquence.

PHRYNE.

Peut-on faire des queftions dans le
corps du difcours?

EVSEBE.

L'on peut en faire , mais il faut que
les queftions foient importantes , &
que les decifions foient claires.

HEPHESTION.

L'on demande icy, Meffieurs, difoit
n'agueres un petit Pere qui prefchoit
à fains Nicolas des Champs, *fi Dieu
peut eftre pitoyable,*& l'on ne fait cette
demande, que parce que Dieu eft fou-
verainement heureux , & que la pitié,
ordinairement parlant , fuppofe une
efpece de douleur : *mais il eft aifé,
Meffieurs ,* répondit le Predicateur,
*de refoudre la queftion , Dieu à la ve-
rité n'eft pas fenfible,mais Iefus-Chrift*

l'eſt, & comme pour eſtre pitoyable, ſelon les manieres ordinaires de l'eſtre, il faut avoir de la puiſſance & de la tendreſſe , il eſt conſtant que Ieſus-Chriſt comme Dieu eſt puiſſant, & que le meſme Ieſus-Chriſt comme homme eſt tendre , & par conſequent qu'il peut éſtre pitoyable.

CESONIE.

Ie me trompe bien , ou l'on va parler des ſimilitudes.

SOCRATE.

Les comparaiſons doivent eſtre tirées des choſes connuës , & ce fut pour ce ſujet qu'aux dernieres Rogations l'on blâma un certain Preſtre, qui compara les Proceſſions Paroiſſiales aux Proceſſions divines.

EVSEBE.

Comment jugeroit-on du rapport des choſes, ſi l'on ne connoiſſoit les choſes ?

i iiij

EPISTEMONT.

Euclide se moquant de ceux qui recourent aux similitudes, disoit qu'il estoit proprement d'eux, comme de ceux qui preferent les copies aux originaux.

EVSEBE.

Quoy que la similitude, selon Aristote, soit le Topique le plus foible, neanmoins il faut tomber d'accord, qu'il est le plus beau; & je connois un Evesque qui doit en partie sa grandeur à la juste application des metaphores.

POLYANTE.

Il y a des matieres qui veulent estre popularisées, & il n'y a rien qui popularise davantage que les comparaisons.

HEPHESTION.

Comme il est rare de trouver de justes rapports, il ne faut employer les similitudes, que quand elles sont heureuses.

SOCRATE.

Il y a deux sortes de comparaisons;
il y a une comparaison simple & une
comparaison composée.

EVSEBE.

L'on tombe dans la comparaison
simple, lors qu'au regard d'un seul
point l'on compare une chose à une
autre ; & ainsi l'on tombe dans la comparaison simple, lors qu'on compare
le peché habituel à la lepre ; parce que
la lepre oste le sentiment, & que le peché habituel fait en quelque façon sur
l'ame ce que la lepre fait sur le corps;
l'on tombe dans la comparaison composée, lors qu'à raison de certaines
vertus, l'on compare non seulement
une chose à une autre, mais encore
plusieurs choses les unes aux autres ;
L'on tombe dans la comparaison
composée, lors que l'on compare
Dieu au Soleil, parce que le Soleil é-
claire, échauffe & transmuë, & que
Dieu illumine, embrase & convertit;
L'on tombe encore dans la côparaison

compofée, lors que l'on compare les lampes de la Synagogue aux fept Sacremens de l'Eglife, parce que les lampes ont de certaines proprietez, qui conviennent en quelque façon aux proprietez des Sacremens.

THRINE.

Je n'aime pas peu les fimilitudes, lors qu'elles ne clochent gueres.

CESONIE.

L'on compare bien les chofes, felon mon fentiment, lors que l'on compare les Cicomores aux amis d'aujourd'huy; les Cicomores abondent en feüilles, & les amis d'aujourd'kuy abondent en paroles; les Cicomores n'ont point de fruit, & les amis d'aujourd'huy n'ont point d'effet.

THRINE.

L'on compare bien mieux les chofes, à mon avis, quand l'on compare la grace à la rofée; la rofée eft tres-pure, la

grace est tres-sainte ; la rosée oste la
crasse, la grace oste la soüillure ; la rosée ne tombe ordinairement que sur
les arbres nains, la grace ne tombe ordinairement que sur les esprits hum-
bles ; la rosée enfin ne peut compatir
avec l'impetuosité des vents, & la grace ne peut exister avec la violence des
passions.

POLYANTE.

Les comparaisons appartiennent ordinairement à la confirmation, & les
exemples appartiennent ordinairement
à l'Epilogue.

EVSEBE.

Comme les exemples touchent plus
que les preceptes, ils sont comme con-
sacrez à la Morale.

CESONIE.

Les nuës qui ont disparu, semblent
revenir, & elles reparoissent bien à propos ; parce que nous engageant à la se-
paration, elles nous engagent à donner quelque relâche à Eusebe.

FVSEBE.

Nous dirons quelque chose sur l'e-
xemple, & nous tàcherons de nous acquitter du reste.

CINQUIE'ME
CONVERSATION
DE LA
PREDICATION.

THRYNE.

CErtes vous estes venu bien à propos, nous parlions il n'y a qu'un
quart d'heure, de la matiere dont n'a-
gueres vous nous entretinstes.

EVSEBE.

Dés que la Compagnie m'ordonne-
ra de reprendre le discours, je conti-
nüeray ce que j'ay commencé.

CESONIE.

Vous demeurastes sur les exemples.

PHRINE.

Il n'eſtoit pas neceſſaire de luy dire ſur quels ſujets il eſtoit demeuré, quelque occupé qu'il ſoit en cent choſes differentes, rien n'échappe à ſa memoire.

EPISTEMONT.

Les exemples pour toucher les grands, doivent eſtre tirez des grands.

HEPHESTION.

Un Predicateur apoſtrophant un Prince, luy propoſa l'exemple d'un Philoſophe, & bien que ce Prince euſt quitté l'Empire, l'exemple fut trouvé ridicule.

CESONIE.

Il eſtoit à peu prés de luy comme d'un autre miſerable Predicateur, qui ſans conſiderer la difference des ordres, propoſoit à des Chanoineſſes les auſteritez des Filles de ſainte Claire.

POLYANTE.

Si l'exemple qui tombe fous la penfée du Predicateur, eſt capable de jetter les grands dans la confuſion, il faut, s'il y a un Prince dans l'Aſſemblée, que le Predicateur paſſe l'exëple fous filence, parce que ſe tournant vers le peuple il propoſeroit un exemple diſconvenable, & que ne ſe tournant pas vers le peuple il donneroit tellement en viſiere au Prince, qu'il en feroit plûtoſt un ennemy qu'un Penitent.

SOCRATE.

Quand il s'agit de raiſonner du plus au moins & du moins au plus, l'on peut rapporter des exemples, & l'on peut dire : *Si quelques Princes ont embraſſé la penitence, un particulier ne doit pas fuir la mortification. Si quelques filles ont affronté les Tyrans, un homme ne doit pas craindre le martyre.*

EVSEBE.

Le plus au moins & le moins au plus,

font d'un grand ufage. Julien l'Apoftat
& Porphyre traiterent les Apoftres
d'efprits legers, de ce qu'à la premiere
femonce ils avoient fuivy Jefus-Chrift:
mais ils receurent pour réponfe, qu'il
y avoit même des chofes naturelles,
qui attiroient d'abord ce qui en appro-
choit, & que fi l'Auteur de la Nature
avoit des vertus plus attirantes que toutes les chofes naturelles, il ne faloit
pas s'étonner fi Jefus-Chrift avoit d'a-
bord attiré les Apoftres.

HEPHESTION.

Les exemples font prophanes ou facrez.

EVSEBE.

Si les exemples font prophanes, l'on
peut dire apoftrophant les vivans : *Si
vous euſſiez en cela obfervé ce Payen,
vous euſſiez crû fans doute, qu'il eût eu
quelque connoiffance de noftre Religion,
& qu'il euft même reſſenty les touches de
la grace, parce que fon action n'eftoit
pas moins confiderable en fes circonftances qu'en fa fubftance.* Et fi les exemples
font facrez, l'on peut dire encore apo-

ſtrophant les morts : *Si vous eſtiez de noſtre ſiecle, & que vous ſceuſſiez ce que nous faiſons, que ne diriez-vous point? ne ſeriez-vous pas extrèmemeent ſurpris d'oüir tant de promeſſes & de voir tant d'inexecutions? Ha &c.*

PHRYNE.

Il ne reſte plus, à mon avis, qu'à parler du Patetiſme.

EPISTEMONT.

Euſebe ne manquera pas d'en dire quelque choſe, l'on ne preſche pas moins pour émouvoir que pour inſtruire, pour toucher le cœur que pour éclairer l'eſprit.

POLIANTE.

Il faut dans l'Epilogue remettre comme devant les yeux, ce qu'on a dit de plus conſiderable dans le corps du Sermon.

EVSEBE.

EVSEBE.

Quoy qu'il faille le rapporter dans le même ordre, il ne faut pas le rapporter de la même maniere.

EPISTEMONT.

L'Epilogue ne veut pas qu'on soit figuré, empoulé, Poëtique, il veut qu'on soit vif, concis, pressant.

POLIANTE.

Le geste, comme on dit, doit parler aux yeux, il contribue fort à l'emotion.

HEPHESTION.

Saint Augustin au Livre de la Doctrine Chrestienne requiert l'action en un Predicateur, & il ajoûte, que quand un Ecclesiastique qui seroit homme de bien, n'auroit que le talent de bien declamer, il ne devroit pas faire difficulté de monter en Chaire.

EVSEBE.

Il faut eftre zelé, celuy qui l'eft
fait de la caufe du Seigneur fa propre
caufe.

EPISTEMONT.

Si Antoine chez Ciceron infpiroit
les mouvemens, c'eftoit parce qu'il
fembloit qu'il fut atteint des chofes
dont il faifoit la peinture.

POLIANTE.

Un Philippe de Nerry fous Gregoire dixiéme entendoit merveilleufement
la declamation, & l'on dit de luy, que
comme il difpofoit de fes larmes, il ne
quittoit jamais la Chaire, qu'il ne laif-
faft fon Auditoire dans les gemiffe-
mens.

HEPHESTION.

L'hiftoire raporte que ce Capucin n'é-
pargnoit pas même les Prelats, & qu'il
prefcha un jour fi patetiquement la re-

fidence, qu'il donna la chaffe à trente
Evefques.

EVSEBE.

Un jeune Ecclefiaftique doit eftre un
peu plus retenu fur la Morale qu'un
vieux Predicateur; parce qu'il ne fied
pas à un Predicateur naiffant d'entreprendre les Barbons, & que ceux qui
n'ont pas grande experience ne font pas
fins fur les mœurs.

CESONIE.

Ces fortes de Predicateurs ne font
fouvent que des difeurs de rien, & pour
nous apprendre qu'ils n'ont rien de folide, un grand homme les traitte de
crême foüettée, de barbe de bouc, de
pomme de Sodome, d'Empoule de fa-
von.

SOCRATE.

L'on ne devroit voir dans les Chai-
res que des hommes revenus de la ba-
gatelle: mais l'on n'y voit fouvent que
des amateurs de mots de ruelle, de cer-
cle, de theatre, & pourdire tout en

peu de paroles, que des hommes qui
penſent plus à nous chatoüiller qu'à
nous convertir, à ſe mettre bien
avec nous qu'à nous mettre bien avec
Dieu.

POLIANTE.

Je tombe d'accord qu'on ne devroit
y voir, s'il ſe pouvoit, que les miracles
de la nature, de l'art & de la grace:
mais outre que l'aſſemblage de toutes
les vertus eſt rare, la faveur l'emporte
ſur le merite, & l'on écoute plus volontiers les eſprits accommodans que
les Predicateurs Apoſtoliques.

SOCRATE.

Pretend-on icy qu'à chaque point
l'on moraliſe?

EVSEBE.

La pluſpart des Predicateurs n'ont pas
plûtoſt dogmatiſé, qu'ils paſſent de la
doctrine aux mœurs: mais je n'approuve pas trop cette methode, parce

que la plufpart des hommes fçavent à peu prés ce qu'ils ont à faire, qu'ils ont plus befoin d'eftre émus que d'eftre inftruits, que pour toucher impetueufement les cœurs, il faut une Morale totale, que quand l'on repaffe de la Morale à la doctrine, l'on refroidit ceux qu'on a échauffez, & que quand dans l'Epilogue l'on ne finit que par la Morale d'un point, la Morale des autres points échappe à la memoire, que la Morale totale recapitule, intimide & attendrit, qu'elle laiffe l'Auditeur dans la confufion, & dans la trifteffe, & que le laiffant dans l'une & dans l'autre, elle le laiffe dans les difpofitions prochaines à la converfion.

EPISTEMONT.

Un Feüillant faifant chez luy le Panegyrique d'une Sainte, nous dit des chofes affez touchantes : mais contre les regles du Patetifme, il nous raporta fur la fin des raifons fi ferieufes, qu'il nous fit paffer du chaud au froid.

PHRYNE.

L'Epilogue, à mon avis, ne doit estre ny trop court ny trop long, il seroit trop court, s'il ne finissoit que par la Morale du dernier point, & il seroit trop long, s'il finissoit par la Morale des points precedens; si bien que je ne vois pas comment l'on peut éviter icy le défaut & l'excés.

EVSEBE.

Il ne faut pas moraliser à chaque point, parce que la Morale qui n'est pas finissante, interrompt la suite des points, qu'elle engage le Predicateur à trouver à chaque point une transition, & qu'elle jette, comme on dit, de l'eau sur le feu. Il ne faut moraliser comme faisoit saint Chrysostome, que dans l'Epilogue, c'est dans cette partie où le zele doit joüer son personnage; & quoy que les Morales recapitulatives renfermêt bien des considerations, elles semblent toûjours courtes aux Auditeurs, lors qu'elles ne sont ny entremélées, ny languissantes.

SOCRATE.

Outre que les recapitulations ne doivent estre farcies ny d'authoritez ny d'historiettes , elles ne doivent pas estre lentement prononcées : mais comme si un Sermon n'estoit qu'un Epitome , il y a des Predicateurs qui ne sont pas moins en fureur au commencement qu'à la fin.

POLYANTE.

Celuy qui est toûjours en émotion, pretendant émouvoir toûjours , ne parvient jamais à sa fin , parce qu'on n'attribuë son zele qu'à son temperamment , & qu'à force d'entendre declamer contre les pechez, le pecheur devient comme insensible.

EPISTEMONT.

Un Predicateur dans la Morale, doit paroistre marchand mélé.

CESONIE.

Ceux, qui comme le Pere Bourdaloü,

fçavent le caractere des gens, ont ordinairement un grand Auditoire.

HEPHESTION.

Quoy qu'on entende avec une confusion secrette la description de ses
défauts, l'on est bien aise de voir jusques où a esté la curiosité d'un Predicateur.

EVSEBE.

Il n'appartient, ce semble, qu'aux
gens du monde à en sçavoir toutes les
foiblesses, & si quelques Religieux
sçavent ce qui se passe dans toutes les
conditions, ils doivent souvent plus
ce qu'ils sçavent à la revelation de
leurs anciens qu'à leurs propres ob-
servations.

PHRYNE.

Un simple Prestre, à moins que d'a-
voir donné quelques années au Con-
fessional, laisse souvent une mauvaise
odeur dans l'esprit de ses Auditeurs,
lors qu'il descend exactement au détail
des

des chofes , & c'eft pour cette raifon que je ne trouverois pas toûjours à propos qu'on paruft univerfel.

EVSEBE.

Encore que le vice foit fort répandu, il arrive quelquefois qu'en deployant toute la malice de la nature humaine, l'on donne à quelques-uns de nouvelles connoiffances du mal , fi bien que je trouve en matiere de Morale , qu'il vaut mieux paroiftre borné qu'univerfel , épargner en quelque façon l'execration des corrompus que de ha_ zarder le falut des fimples.

EPISTEMONT.

Quelques-uns veulent que l'on con_ fulte plûtoft fur la Morale les Philofo_ phes recens que les anciens Peres , par_ ce , difent-ils , que chaque fiecle a fes vices particuliers , & que ce font les vices regnans qu'il faut combatre; mais les vices du temps ont efté prefque de tous les temps , & comme les Auteurs qui ont de profeffion entrepris les vi-

3. P.   l

ces, font plus mêlez de moralités que
les autres, l'on fera bien de lire particulierement fur la Morale faint Bafile,
faint Auguftin & faint Gregoire le
Grand. Saint Gregoire de Nazianze li-
foit fouvent fur les mœurs le premier,
& il confeffe même qu'il ne fortoit jamais de la lecture de ce grand Homme, qu'il ne fût plus homme de bien
qu'auparavant.

SOCRATE.

L'on finit ordinairement l'Epilogue
par l'exhortation, & je ne vois pas
que tous les Predicateurs exhortent de
la bonne maniere.

EVSEBE.

L'exhortation doit eftre amiable &
patetique ; Elle doit eftre amiable, l'on
s'infinuë fortement dans l'efprit, lors
qu'il femble qu'on parle plus du cœur
que de la bouche, des entrailles que de
la langue ; Elle doit eftre patetique, &
le patetique n'exige feulement pas des
expreffions tendres, il exige de plus des
mouvemens preffans.

POLYANTE.

L'on a parcouru jufques icy toutes les parties du Sermon, mais comme l'action est de toutes ces parties, il me femble qu'Eufebe eft comme obligé d'en dire quelque chofe.

EVSEBE.

Un Ecclefiaftique, comme j'ay autrefois dit, n'entreprend pas peu de chofe, lors qu'il veut entreprendre de fatisfaire un Auditoire; Il faut avant qu'il commence, qu'il parcoure de l'œil l'eftenduë de l'Affemblée, afin qu'il voye jufques où il doit porter fa voix. Il faut qu'il prononce fon texte d'un ton mediocre, parce qu'à l'égard des Auditeurs, il n'y a point de difference entre ne le point prononcer & le prononcer trop bas; Il faut qu'il confidere l'Autel, l'Oeuvre & la Porte, quand il fe tourne vers l'Autel & vers la Porte, il doit redoubler fa voix, parce qu'à moins que de la redoubler, ceux dont l'on fe détourne, n'enten-

I ij

dent qu'une voix confuse ; Il ne faut
pas qu'il redouble sa voix , quand il
regarde directement l'Oeuvre , parce qu'alors la voix n'est presque pas
écartée , & que quand elle n'est presque pas écartée , elle est facilement en-
tenduë ; Il faut selon la rencontre des
sujets qu'il fasse quelques démarches
dans la Chaire , parce qu'un homme,
par exemple , auroit mauvaise grace de
paroistre immobile , & de representer
une action hardie , de paroistre froid,
& de representer un empressement
officieux ; Il faut qu'il prononce plei-
nement certaines lettres finissantes que
Longin appelle *bruyantes*, & ces sortes
de lettres sont celles qui finissent ces
mots , *aimées , pourveuës , actions ,*
Farfax , contentement, allez , &c. Il
ne faut pas qu'il éleve le bras au dessus
de la teste , parce que l'élevation du
bras qui va au delà de la teste , est for-
cée , & qu'on peut marquer le Ciel
par une action facile & agreable ; Il
faut que son visage soit presque aussi
explicatif que son discours , que ses regards soient tantost effroyables & tan-
tôt doux, que son front soit quelquefois

plissé , & quelquefois uny , parce que
l'air du visage doit aller de pair avec
la qualité des sujets , qu'il est ridicule
de faire le doux , lors qu'il s'agit de
porter le pecheur au déracinement de
quelque étrange habitude , & qu'il est
pareillement ridicule de faire l'effroyable , quand il s'agit de porter l'Auditeur à l'esperance de quelque grand
bien ; Il faut qu'il éleve sa voix aux
mais , & aux *& parce* , parce que le
mais estant une reprise doit estre marquée par une expression hautaine , &
que le *& parce* estant une adjonction de
sens , doit estre marquée encore par la
même expression ; Il faut que son geste
réponde à son sujet , l'on commet un
solecisme de la teste, dit un Pere de l'E-
glise, lors qu'on parle du Ciel , & qu'on
regarde la terre ; Il faut qu'il interroge
fierement le pecheur, lors qu'il suppose
que le pecheur fait l'examinateur, l'in-
credule, le libertin; parce qu'on ne peut
trop mal traiter de geste ny de parole
ceux qui traitent de Roman l'Evangile;
Il faut qu'il ne réponde quelquefois
que par des hochemens de teste , parce
que les raisons du libertinage sont or-

dinairement indignes de réponſe ; Il
faut qu'il faſſe quelquefois parler les
morts , & ſur tout lors qu'il eſt comme
contraint de reprendre les grands, parce qu'un Prince ne trouve pas ſi mauvais d'eſtre repris par un autre Prince
que par un particulier: mais outre qu'il
faut qu'il n'avance rien que de vray,
il faut faiſant parler un Heros , qu'il
ne parle qu'heroïquement ; Il faut
qu'il apoſtrophe quelquefois la Croix,
l'Autel ou le Saint : mais lors qu'il
apoſtrophe l'un ou l'autre , il faut qu'il
diſe de belles choſes , parce que toutes
les apoſtrophes réveillent l'attentiõ,&
que l'Orateur ne doit réveiller l'attention , que quand il a à debiter , comme
on dit , une fine marchandiſe ; Il faut
qu'il apoſtrophe ſon Auditoire , mais
il ne doit ordinairement l'apoſtropher
que quand dans la Morale, il eſt obligé
de luy demander compte de ſes actions;
Il ne faut pas,s'il eſt jeune,qu'il affecte
de parler en homme d'âge, & s'il eſt
vieil , qu'il affecte de parler en jeune
homme, la voix du jeune homme qui
affecte de parler en vieillard, degenere
bientoſt en mugiſſement , & la voix

du vieillard , qui affecte de parler en
jeune homme , degenere bien-toft en
foffet; Il faut quand il enfeigne qu'il fe
panche un peu fur le bord de la Chaire,
parce qu'il y a bien de la difference entre *enfeigner* & *reprendre* , que l'un
veut le familier , & que l'autre veut le
ferieux ; Il faut qu'il éleve plus fa voix
dans les lieux tapiffez que dans les lieux
qui ne le font pas , parce que les lieux
tapiffez allentiffant le mouvement de
la voix ne renvoyent prefque point la
voix; Il faut qu'il ménage fa voix , parce que s'il ne la ménageoit pas , il ne
pourroit pouffer fortement la Morale;
Il faut que fa voix foit mediocre,quand
il enfeigne, & qu'il recite: mais fi dans
le recit quelque cas extraordinaire fe
prefente, il faut qu'il le marque par le
hauffement de la voix; Il faut quand il
reprefente une langueur, qu'il ufe de
paroles traînantes , parce qu'il faut
qu'il y ait de la correfpondance entre
la qualité de l'expreffion & le caractere
de la chofe ; Il faut quand il rapporte
une menace, qu'il ufe de figures excla-
matives , parce que le *he*, le *ha*, & le *o*,
dans les fujets de crainte , reprefentent

toûjours quelque chofe d'horrible ; Il
faut quand il admire, qu'il paroiffe cō-
me interdit , parce que l'admiration
renferme l'ignorance, & que l'ignorance renferme une efpece de confufion; Il
faut quand il dédaigne , qu'il tourne
un peu la tefte , & que par un mouvement de main il femble rejetter les chofes, parce que les opinions pueriles doivent eftre plus faquinées par le gefte
que par le difcours ; Il faut quand il
affure quelque chofe , qu'il mette la
main fur fa poitrine , parce que la poitrine eft confiderée vulgairement comme le fiege de la fincerité ; Il faut enfin
quand il exprime une furprife fâcheu-
fe , qu'il laiffe comme cheoir le bras,
& qu'il accompagne l'action comme
défaillante de quelques paroles entre-
coupées, parce que ceux qui font étran-
gement furpris , n'ont prefque ny mouvement ny voix, & qu'il faut , comme
je viens de dire, que les geftes & les
paroles foient les fideles miroirs des
évenemens.

POLYANTE.

Je tombe d'accord de tout ce que

vous venez de dire , & sur tout de ce
que vous venez de dire sur la maniere
d'instruire. Autre chose est d'enseigner
dans une Chaire d'Ecole & d'enseigner
dans une Chaire d'Eglise ; & comme
celuy qui Regente n'ayant ordinairement affaire qu'à des esprits folets ,
feroit mal , si pour ne point donner
lieu à l'insolente familiarité , il n'enseignoit d'un air fier ; celuy qui prêche
n'ayant ordinairement affaire qu'à des
esprits formez , feroit mal pareillement , si pour porter les hommes à la
pratique de toutes les vertus, & princi-
palement à l'exercice de l'humilité , il
enseignoit d'un air dédaigneux ; & c'est
pour cette raison que les Pedans doivent
enseigner assis & droits, & que les Predicateurs doivent enseigner assis &
courbez, que les premiers doivent affecter les rudesses d'un Maistre , & que
les autres doivent affecter les douceurs
d'un pere.

EPISTEMONT.

Il y a bien différence entre prescher
des Dominicales, & prescher des vies.

EVSEBE.

Il ne faut pas eftre peu Theologien, pour bien s'acquitter des Dominicales, & il ne faut pas eftre peu moral, pour bien s'aquitter des Panegyriques.

POLYANTE.

Les Dominicales ne demandent que trois quarts d'heure , & les Panegyriques demandent plus de temps.

PHRINE.

Je ne me plains gueres de la longueur , quand le Sermon , comme le grain de moutarde , nourrit , delecte & pique.

HEPHESTION.

A ce que je vois , vous n'aimez pas fi fort la douceur que vous n'aymiez quelquefois la rudeffe.

PHRYNE.

Quelque paſſion que j'aye pour l'é-
loquence, je ne vais pas moins au Sermon pour mon ſalut que pour mon
plaiſir.

HEPHESTION.

Vous ne perdez gueres d'actions ce-
lebres.

PHRYNE.

Les Panegyriques bien pouſſez, ont
pour moy quelque choſe de bien atti-
rant,

EPISTEMONT.

Ils demandent de grands avantages
d'eſprit & de corps.

EVSEBE.

Il faut chercher le caractere du Saint,
dans les circonſtances de ſa vie, parce que tous les Saints ont preſque eu
les mêmes vertus.

POLYANTE.

Les circonstances extraordinaires relevent les actions, l'on parle avec force, lors qu'on dit par exemple, *Il estoit humble dans le faiste des grandeurs ; Il estoit chaste dans la tendresse des passions , &c.* Dans quel temps pensez vous qu'il ait conservé sa pureté? il l'a conservée dans le temps que l'Eglise estoit souillée de tous les crimes ; Dans quelle Cour pensez-vous qu'il ait presché la Clemence ? il l'a preschée dans une Cour où comme dans une tuerie l'on ne parloit que d'égorgemens,&c.Quoy qu'il soit rare à la Scythie de porter des hommes qui ayent quelque sorte d'humanité , il estoit extrémement humain: Quoy qu'il soit rare à l'Allemagne de porter des hommes, qui ayent quelque sorte de temperance , il estoit extrémement abstinent, &c. Le croiriez-vous , Messieurs, il estoit bilieux & il estoit tres-souffrant; il estoit sanguin & il estoit tres-solitaire, &c. Enfin rien ne l'abbat , rien ne le tente, on lay fait des menaces,

& il se represente la Passion de son Seigneur, on luy fait des promesses, & il
se ressouvient de la pauvreté de son
Maistre.

SOCRATE.

Quoy qu'on puisse dire, il ne faut
pas toûjours examiner ce qui releve
l'éclat d'une vertu. Un Moine loüant
la virginité d'une fille de seize ans,
creut que pour relever cette vertu, il
devoit raporter tout ce qui la rendoit
difficile, & conformément à sa pensée,
il fit voir qu'en un certain âge les
soulevemens de la chair estoient comme insurmontables : mais il devoit
considerer qu'en faisant voir les peines, qu'il y avoit à reprimer à seize
ans les ardeurs de la concupiscence, il
excusoit en quelque façon ceux qui
estant foibles succombent sous les efforts de la tentation, & qu'encore
que ceux qui succomboient sous ces
efforts, eussent sujet de rougir du
triomphe des Sages, ils ne seroient pas
si touchez de la beauté de l'exemple,
qu'ils seroient consolez de la difficulté
du precepte.

EPISTEMONT.

Il ne faut pas toûjours examiner ce qui releve les Saints , & il ne faut jamais loüer un Saint aux dépens d'un autre.

EVSEBE.

Ceux , qui tombent dans le dernier défaut , semblent estre tout ensemble & amis & ennemis des pelerinages; ils font cause que l'on a du mépris pour les Saints, qu'ils ont comme deshonorez, & que recourant aux Saints extraordinaires , les anciens lieux de devotion deviennent deserts.

SOCRATE.

Quand toutes les actions d'un Saint font notables , l'on peut parcourir toutes ses actions : mais comme la vie des Saints est presque de tous les Oratoires , il faut pour n'estre point ennuyeux , ou ne point parcourir toutes ses actions , ou dire sur chaque action quelque chose d'extraordinaire.

EVSEBE.

Lors qu'un Saint n'est admirable qu'en une seule chose, il faut pour relever la chose, faire une horrible peinture du vice opposé, mais lors qu'il s'agit de loüer simplement une chose, il ne faut pas tant la considerer en sa substance qu'en ses accidens.

POLYANTE,

Quand un Predicateur finit l'Octave d'un Saint, il doit supposer que les Predicateurs precedens ont parlé de son pays, de sa naissance & de sa profession, & pour paroistre en quelque façon singulier, il doit aprés avoir parcouru legerement ses actions, appliquer tout son esprit à en relever quelques-unes.

EPISTEMONT.

Quoy que les appareils funestes soient capables d'intimider les plus hardis, le Saint paroist quelquefois plus resigné à la volonté de Dieu, quand il voit les instrumens de son supplice, que quand il n'est pas encore prest d'estre victimé , parce que comme dans le bien l'objet attise la concupiscence, dans le mal l'objet enflamme l'irascible; cependant la pluspart des Predicateurs ne rapportant pas les dernieres paroles du Heros, dérobent quelquefois à sa gloire le plus beau de sa vie.

EVSEBE.

Lors que le Saint parle à Dieu, il faut le faire parler avec ferveur. Lors que le Saint parle au Tyran, il faut le faire parler avec fermeté, & lors que le Saint parle de soy-méme, il faut le faire parler avec modestie.

PHRYNE.

De grace, quelle est la fin de l'Eglise dans les Panegyriques ?

EVSEBE.

La fin de l'Eglise dans les Panegyriques,

gyriques, eft d'honorer Dieu en fes Saints, & d'engager les Auditeurs à fuivre les grands exemples.

CESONIE.

La vie d'un Saint n'eft quelquefois pas compatible avec la vie commune & ainfi l'Eglife dans les Panegyriques propofe quelquefois ce que moralement l'on ne peut faire.

EVSEBE.

L'Eglife dans les Panegyriques ne propofe que ce qu'on peut faire, parce qu'encore qu'elle veüille qu'on étalle toutes les actions extraordinaires de fes Heros, elle ne veut qu'on s'arrefte qu'à ce que chaque état peut convenablement imiter.

PHRINE.

Le Panegyrique exige bien des obfervations.

EVSEBE.

Un certain Predicateur ayant entre-

m

pris le Panegyrique de faint Pierre, fit
quelques paufes fur fa primauté , &
paffant de la primauté à l'examen des
trois gouvernemens , il fit fi long-
temps l'homme d'Etat, qu'il fut obligé de remettre à une autre fois le fujet
de fon action publique. Cét exemple
nous apprend qu'il faut paffer legerement fur ce qui eft côme étranger à la
matiere, & que quand l'on s'étend deffus, l'on ne répond ny à l'attente de
l'Auditoire, ny à l'intention de l'Eglife. L'on ne doit pas loüer un Saint aux
dépens d'un autre Saint , ceux qui
tombent dans ce défaut font d'un Eloge une invective, il eft vray que la
fainteté a plufieurs degrez, qu'il y a des
Saints merveilleux : mais pour ne point
flétrir la gloire d'un Heros , il fuffit de
dire vaguement qu'un tel ou tel Saint,
n'a feulement pas fait cecy ou cela,
qu'il a fait de plus telle ou telle chofe;
& ainfi en ne faifant point de comparaifon l'on peut fans injure marquer
les degrez de vertu de ceux dont actuel-
lement l'on celebre la Fefte. C'eft une
efpece d'imprudence que de relever la
vie d'un Saint , par le recit de la vie

honteuſe qui a precedé cette vie, parce
qu'encore que la premiere vie releve
la grace, la premiere vie eſt capable de
flatter ceux qui ne ſe ſont pas encore
convertis ; tout ce qu'on peut faire en
cela c'eſt de dire ſeulement, qu'un tel au
commencement *n'eſtoit pas trop ſcru-*
puleux, *n'eſtoit pas trop retenu*, parce
que cette façon de blâmer negativemēt
les gens, ne donne qu'une idée confuſe
des mauvaiſes choſes, & que ne mar-
quant pas les défauts elle ne donne pas
lieu à ceux qui ont les mêmes défauts,
de s'excuſer ſur tel ou tel exemple. Il
ne faut pas imiter ceux qui ne refuſant
aucune occaſion de monter en Chaire,
parlent lieu commun, par exemple,
ſur tous les divers états d'un Saint, &
diſent par conſéquent des merveilles
ſur les qualitez de Religieux ou d'Evê-
que : ces ſortes de gens pour diſtinguer
un Saint d'un autre Saint diſent deux
mots de ſon païs, de ſon extraction &
de ſon ſiecle, & penſant fauſſemen,
que tous les Heros de l'Egliſe ont poſ-
ſedé au même degré les mêmes vertust
ne font pas des Exordes moins pompeux pour le Panegyrique de ſaint

Eloy, de faint Adon ou de faint Ni-
caife, qu'on en fait lors qu'il s'agit de
faire les Eloges de faint Auguftin, de
faint Dominique, ou de faint Bernard.
Enfin entaffant défaut fur défaut, ils
vantent extraordinairement la mortification, la chafteté ou la conftance du
Saint; & comme s'il n'eftoit pas necef-
faire de marquer les rencontres dans
lefquelles les Saints ont donné de puif-
fantes preuves de telle ou telle vertu,
ils ne nous entretiennent de rien moins
que des lieux, des temps & des perfonnes. Les circonftances du temps & du
fupplice doivent exercer la Rhetorique
des Predicateurs ; *fouffrir le martyre*
lors que perfonne ne la point encore
fouffert, c'eft l'effet d'une tres-grande
foy; fe refoudre à fouffrir le martyre à
la veuë d'un fupplice extraordinaire-
ment effroyable, c'eft l'effet d'une tres-
grande conftance.. Quand un Saint a
efté aimé d'un tres-grand Saint, l'on
peut dire quelque chofe de l'étroitte
amitié qu'il y a eu entre l'un & l'autre,
parce que l'étroitte amitié fuppofe l'e-
troitte conformité de mœurs, & qu'il
faudroit douter de la fainteté du Saint

dont l'on ne fait pas de profeſſion les
Eloges, pour douter de la haute ſainteté du Saint dont l'on fait de profeſſion
le Panegyrique. La principale vertu
d'un Saint doit faire le principal ſujet de
ſes Eloges: mais comme les ſuites de la
principale vertu ſont quelquefois capables de détourner l'Auditeur de pratiquer ce que les SS. ont particulieremēt
pratiqué , quelques-uns tiennent qu'il
eſt quelquefois à propos de les paſſer
ſous ſilence. Les aumônes, par exemple,
de ſaint Thomas de Villeneuve faiſoient ſes jeûnes & ſes jeûnes ravageant
tous ſes avantages naturels, faiſoient le
decolorement de ſon teint , le pendant
de ſes jouës , & l'enfoncement de ſes
yeux ; ſi bien que pour ne point détourner l'Auditeur d'imiter les abſtinences
de ſaint Thomas de Villeneuve, il faudroit , ſelon quelques eſprits , que le
Predicateur ayant parlé des mortifications de ce grand ſerviteur de Dieu,
ne parlaſt pas des ſuittes affreuſes des
mêmes mortifications. Si le Saint a dit
& recité de belles paroles , il faut redire noblement ce qu'il a dit & receu,
parce que ce qu'il a dit eſtant beau, n'é-

chappe presque jamais de l'esprit , &
que les bons sentimens sont en peu de
mots de grandes regles ; que ce qu'il a
receu estant pareillement beau, fait de
fortes impressions , & qu'il confirme
hautemēt ce qu'on a rapporté de sa vie.
Si un Predicateur, par exemple, pane-
gyrisoit l'Evesque de Geneve, il seroit
obligé de redire ce qu'il a dit & receu,
& dans cette obligation il feroit non
seulement parler le Saint , mais encore
le Pape & le Cardinal du Perron. Henry quatriéme qui estimoit extraordinairement l'Evesque de Geneve', luy
proposa pour l'attirer au cœur du Roy-
aume un des plus riches Eveschez de
France : mais l'Evesque qui ne ressem-
bloit pas à ceux qui n'entrent dans l'E-
glise que pour se charger des dépoüil-
le du Crucifix, luy répondit , *qu'un E-*
vesque & un mercenaire ne devoient
pas estre une mesme chose , qu'un mer-
cenaire ne regardoit que le plus grand
profit, & qu'un Evesque ne devoit re-
garder que la plus grande edification,
& que comme il s'imaginoit estre plus
utile à Geneve qu'en quelqu'autre en-
droit , il prioit Sa Majesté de trouver

bon qu'il ne *sortist point des limites de son Diocese.* Le même Evesque ayant decidé à Rome sur le champ trente deux questions tres-importantes, gagna l'estime du Pape, & le Pape pour luy montrer qu'il faisoit un cas tout particulier de sa doctrine, luy dit ; *Allez Monsieur l'Evesque, allez répandre chez vous les eaux de vôtre Citerne.* Le Cardinal du Perron parlant à de certains Heretiques leur dit: *Voulez vous disputer ? venez à moy, voulez vous estre convertis ? allez à l'Evesque de Geneve, ie vous éclairciray les veritez de l'Evangile, & l'Evesque de Geneve vous persuadera ce que ie vous auray éclaircy.* La prudence dispence quelquefois un Predicateur de parler de tout ce qui confirme l'amour d'un Saint, parce qu'il y a des actions confirmatives, qui passent quelquefois les regles de la bienseance. S'il s'agissoit de panegyriser sainte Terese, le Predicateur seroit dispensé, à mon avis, de parler des voyages lointains qu'elle fit pour répandre l'Evangile, parce que quand elle alla prescher chez les étrangers, elle n'avoit que dix-sept ans, &

qu'elle ne pouvoit hazarder sa belle jeunesse que par un zele fort indiscret. L'on peut exagerer les remedes qui ont suivi les grandes tentations, lors qu'ils sont extraordinaires, parce qu'ils contribuent à la gloire du Heros, & au bien de l'Auditeur, qu'ils font voir l'horreur que le Saint avoit pour le peché, & qu'en accusant de molesse ceux qui pour repousser la moindre tentatiõ, ne voudroient pas souffrir la moindre incommodité, il pique l'Auditeur d'une resolution masle & genereuse. Les Benoists & les Thomas, les Bernards & les François ont opposé de grands remedes à de grandes tentatiõs, & on ne les loüeroit qu'à demy si l'on ne faisoit point mention des neiges, des glaces & des épines, qu'ils ont enfin embrassées. Il faut faire fort sur ce qui n'arrive presque point, lors qu'il donne des témoignages d'une constance invincible. S'il s'agissoit de panegyriser saint Sebastien, il faudroit faire de grandes pauses sur la reïteration de son martyre, parce que l'épreuve des douleurs détourne presque tous les hommes de s'exposer à un second suplice,

plice , & que c'eſt eſtre entierement
perſuadé de ſa Religion, que de tenter
l'occaſion d'en eſtre une ſeconde fois
la victime. Sebaſtien parlant la premiere fois à l'Empereur Diocletian ,
luy dit enfin, *qu'il eſtoit vray que*
l'ayant élevé aux honneurs il luy avoit
une particuliere obligation , mais qu'il
eſtoit vray auſſi que n'ayant eſté rien,
il avoit plus d'obligation à celuy qui
l'avoit creé qu'à celuy qui l'avoit
agrandy. Ces paroles irriterent Diocletian , & Diocletian irrité voulut
que Sebaſtien attaché à un poteau fût
le but d'une infinité de fléches. Les
Executeurs de la volonté du Prince
laiſſerent pour mort Sebaſtien, mais
Sebaſtien détaché du poteau & reſpi-
rant encore, fut heureuſement ſecouru
de quelques gens de bien, Sebaſtien revenu de ſon premier ſupplice devint le
ſpectateur étonnant de ſtoute la Cour,
& l'Empereur ſurpris reſta quelque
temps comme interdit, *Vous voyez,*
luy dit-il, *celuy que vous ne penſiez plus*
voir, il eſt juſte , ſelon l'eſprit de ma
Religion, que je penſe moins à ma vie,
qu'à voſtre ſalut, je ne me preſente

à vous pour la seconde fois, que pour
vous exciter à rentrer en vous-mème,
que pour vous porter à considerer que
vous faites tort à Dieu & à l'Empire,
que vous preferés des Idoles au Dieu
du Ciel & de la Terre, & qu'engageant vos subjets par l'horreur des tourmens à encenser du bois & du plastre,
vous derobez des cœurs à celuy qui
en est le Createur. Toutes les principa-
les causes de la conversion, ne doivent
pas estre rapportées, parce que quelques-unes d'entr'elles diminuant l'admiration donnent sujet de dire, hé qui
ne se rendroit point à Dieu, quand Dieu
luy-mesme nous appelle? Selon cette
proposition le Predicateur ne devroit
pas faire un grand discours sur la principale cause de la conversion des Pauls
& des Augustins, parce que pour operer la conversion du Portenseigne des
Juifs, & de l'Arcboutant des Mani-
cheens, il falut que Dieu employast
une grace parlante. Quand l'on a fait
quelques écrits en faveur du Saint
dont l'on fait les éloges, l'on doit raporter ce qu'on a fait lors qu'il est de
tres-grand poids. S'il s'agissoit de faire

les éloges de saint Chryfoftome, il faudroit rapporter le Panegyrique que fit
à fon honneur l'Empereur Leon, parce
qu'il faut bien qu'un homme foit effe-
ctivement Saint quand il eft reconnu
pour tel par ceux qui ont efté élevez
dans la pleine liberté de toutes chofes,
& qui jugeant par eux mefmes de la
difficulté qu'il y a de pratiquer les
hautes vertus, ont accouftumé de prendre pour hypocrifie ce que les autres
prennent pour zele. S'il s'agiffoit de
faire les éloges d'un Saint, il faudroit
rapporter une partie de fes écrits, fi fes
écrits eftoient mefmes frequens entre
les mains des Saints ; parce qu'il faut
bien qu'un efprit foit infpiré de Dieu,
lors qu'il devient en quelque façon
l'illuminateur des Saints mefme. Saint
Chryfoftome fit un fort beau Livre
fur le Sacerdoce, & ce Livre parut particulierement fi beau au fentiment de
Charles Borromée, que Charles Borromée en faifoit fa lecture ordinaire.
Tous les accidens furprenans qui arri-
vent dans la perfecution des Saints ne
doivent pas eftre oubliez, parce qu'ils
confirment manifeftement l'injuftice

des perfecuteurs, & felon cette maxime l'on devroit dire quelque chofe non
feulement du tremblement de terre qui
fuivit l'exil de faint Chryfoftome, mais
encore de la mort étrange des Evefques Arriens qui furent caufe de ce
banniffement. L'on ne doit pas peu s'ar-
refter fur ce qui arrive de merveilleux
aprés la mort des Saints, parce que
ce qui arrive de merveilleux aprés leur
mort, eft une marque de fainteté, qui
ne peut eftre fufpecte. Celuy qui fuc-
ceda à l'Empereur Arcadius recon-
noiffant faint Chryfoftome pour amy
de Dieu luy écrivit, & la lettre qu'il
luy écrivit fut mife fur fon tombeau.
Avant cette lettre l'on n'avoitpû tranf-
porter le corps du Saint : mais à peine
la lettre fut-elle pofée fur la tombe qui
recceloit fon corps, que le corps fut ai-
fément tranfporté.

PHRYNE.

Bon Dieu qu'il y a de chofes à dire
fur le Panegyrique !

EPISTEMONT.

Eufebe n'eſt pas encore à bout : mais comme il y a long-temps qu'il parle, il faut remettre le reſte a la premiere entrevuë.

EVSEBE.

Tres-volontiers , auſſi bien, comme vous avez dit , il y a aſſez de temps que nous nous entretenons.

n iij

SIXIE'ME
CONVERSATION
SUR LA
PREDICATION.

EVSEBE.

COmme noftre feparation n'a pas
efté longue, ce que j'ay dit à la
Compagnie fur le Panegyrique ne
m'eft pas moins prefent, que ce que
j'ay encore à luy dire fur le même fujet.

EPISTEMONT.

Je connois voftre memoire , auffi
ne me fuis-je pas mis en peine de ra-
fraifchir fes idées.

PHRINE.

Quoy que les Dames ne prefchent

point, dés qu'on fera entré en matiere, nous ne perdrons pas un mot.

HEPHESTION.

L'estime que vous faites des sentimens d'Eusebe, ne doit pas peu contribuer à sa gloire.

SOCRATE.

Ménageons le temps, & commençons à remettre sur le tapis les preceptes du Panegyrique.

POLYANTE.

La galanterie doit estre bannie de nostre Conference, nous serions vuides de bonnes choses, & nous n'entendrions souvent qu'Hepheftion.

EVSEBE.

Ce qui arrive de merveilleux aprés la mort des Saints, comme j'ay autrefois dit, est d'une grande force, & c'est là-dessus que la Rhetorique ne

n iiij

doit pas eſtre muette. Ce qui preceda
la mort de l'Archevêque de Cantor-.
berie , merite extrémement d'eſtre
étendu, & ce qui ſuivit cette mort ne
merite gueres moins d'eſtre exageré;
Tout le monde avoit horreur des meur-
triers de ſaint Thomas Archevêque de
Cantorberie ; & les Hiſtoriens même
remarquent , que tous les chiens par
je ne ſçay quelle indignation , ne vou-
lurent jamais rien prendre de leur main.
Les circonſtances qui relevent la hardieſſe d'un Saint , ne ſont pas un petit
ſujet d'amplification , il n'y a pas lieu
d'eſtre ſurpris qu'un homme parle fer-
mement , lors qu'il a affaire à un
Prince retenu , & par raiſon oppo-
ſée , il y a lieu d'eſtre étonné , qu'un
homme parle vigoureuſement , lors
qu'il a affaire à un Prince emporté.
L'Archevêque de Cantorberie n'étoit
pas peu loüable , de ce que ſouſtenant
les intereſts de l'Egliſe , il parloit de la
haute maniere au Roy d'Angleterre,
parce que le Roy d'Angleterre, comme
on dit, jettoit feu & flâme au moindre
défaut de complaiſance , qu'il arra-
choit quelquefois les yeux de ceux

dont il n'estoit pas satisfait, & que quand il n'osoit manifestement en venir aux dernieres extremitez, il exerçoit sa rage sur soy-même. Il ne faut pas tirer de toutes sortes de gens les Eloges d'un homme, parce qu'il y a des Panegyristes suspects. Pline, par exemple, qui fit le Panegyrique de Trajan, estoit recusable, il avoit reçû cent faveurs de cét Empereur, & il est constant que le ressentiment exagere toûjours les vertus des bien-facteurs. L'homme d'Eglise qui avoit esté auprés de l'Archevêque de Cantorberie, estoit pareillement recusable, il avoit reçû cent bons traitemens de ce grand Prelat ; & comme je viens de dire, la reconnoissance est une illustre babillarde: mais outre qu'on ne peut mieux être informé des choses que des domestiques, si l'homme d'Eglise dont je viens de parler estoit en un sens suspect, il ne l'estoit pas en un autre, parce qu'il parvint quelque temps aprés à l'Episcopat, & qu'il n'y parvint que parce qu'il fut reconnu sçavant & vertueux. Plus les circonstances parlent d'elles-mêmes, & plus elles sont dignes d'estre rapportées, & elles parlent d'elles-mêmes, quand les ennemis mêmes rendent enfin témoignage de la vertu de ceux dont ils ont fait la persecution. Le Roy d'Angleterre piqué d'un vif repentir d'avoir trempé ses mains dans le sang de l'innocent, se resolut à faire une reparation d'honneur à la memoire de l'Archevêque de Cantorberie, & pour la faire hautement il parut aux yeux de l'Univers, sous une forme si disproportionnée à la Majesté des Souverains, que le Predicateur ne connoîtroit pas les beaux endroits de la Rhethorique, s'il ne se surmontoit pas sur la condition du Penitent & sur la qualité de la penitence. Il faut faire reflexion sur les lieux & sur les temps, dans lesquels les Serviteurs de Dieu ont souffert le martyre, lors que les lieux & les temps supposent une extrême determination au mal en la personne des assassins, & qu'ils preschent par consequent d'eux-mêmes l'innocence des persecutez. L'Archevêque de Cantorberie ne fut seulement pas tué dans l'Eglise, il le fut dans l'Octave de la Nativité du Seigneur; & si l'on entre-

prenoit son Panegyrique, l'on devroit
du moins faire fort sur le lieu de son
massacre. Ce n'est pas rechercher le caractere d'un Saint que de fonder ses E-
loges sur des vertus comme communes.
Ogier considere saint Nicolas comme
sage & comme Chrestien. He! qui est
l'honneste homme qui dans les divers
états de la vie, n'est point judicieux
dans sa conduite, & n'est point Chrestien dans ses souffrances ? Il ne faut
pas pour relever la grace supposer ce
qui n'a pas esté. Un certain Feüillant
qui fait assez de bruit dans la Maison
de Dieu, dit un jour qu'en saint Augustin il y avoit trois plenitudes, qu'il y
avoit plenitude de lumiere, plenitude
de peché & plenitude de grace : mais
comme saint Augustin n'avoit pas offencé Dieu en tous les chefs, le Feüillant, quelque exagerant qu'il soit, ne
pût remplir son second Point. Il n'est
pas défendu pour relever les actions
d'un Saint, de faire voir les difficultez
qu'il y a de faire cecy ou cela : mais il
est ridicule de les étaler, & de ne
marquer pas les actions qui les ont sur-
montées. Remplit-on son ministere lors

qu'aprés avoir dit en deux cent paroles
qu'il est cóme impossible de faire cecy
ou cela, l'on dit simplement un tel Saint
l'a fait? Ou il faut estre instruit de la vie
de son Heros, ou il ne faut pas entreprè-
dre son Panegyrique, parce qu'il ne
suffit pas de dire, par exemple, qu'on
a resisté aux tentations, qu'il faut rapporter les occasions où les tentations
ont esté vaincuës, qu'il ne suffit pas
de dire qu'on a pardonné à ses ennemis, qu'il faut marquer les rencontres
où la mansuetude a éclatté; qu'il ne
suffit pas enfin d'avancer qu'on a sup-
porté constamment ses disgraces, qu'il
faut particularifer non seulement les
personnes qui ont fait les malheurs du
Saint : mais encore les traverses qui
ont exercé sa vertu. A quoy bon fonder le Panegyrique d'un Saint par raport
à la pluspart de ses parties ? ne peut-on
pas distribuer les belles actions d'un
Heros par raport à une proposition generale ? & n'est-ce pas ce que font les
Maistres? Un certain Prestre panegyrisant saint Benoist l'a consideré par
raport au cœur & aux yeux, à la main
& à la bouche ; Il le considera par ra-

port au cœur, pour nous faire entendre qu'il avoit répondu aux mouvemés
de la grace; il le confidera par raport
aux yeux, pour nous faire entendre
qu'il avoit pleuré les pechez du monde; il le confidera par raport aux
mains, pour nous faire entendre qu'il
avoit operé de grandes chofes; il le confidera enfin par raport à la bouche, pour
nous faire entendre qu'il avoit heureufement répandu l'Evangile: mais outre
que tous les Saints ont répondu aux infpirations du Ciel, que tous les Saints
ont pleuré les pechez des hommes,
que tous les Saints ont paffé de la connoiffance à la pratique, & que tous les
Saints ont répandu la parole de Dieu,
le Predicateur ne remplit que fon premier Point, & il le remplit même
fi Pedantefquement, qu'aprés avoir
fubdivifé le referrement du cœur en
trois efpeces, il parla prés d'une heure
Medecin. Je ne fuis pas pour ceux qui
pour honorer un Saint le comparent à
Jefus-Chrift, Jefus-Chrift eft incomparable, & c'eft affez honorer un Saint
que de dire qu'il a quelque raport avec
fon Maiftre; Molinier, quelque habile

qu'il foit, panegyrifant faint Xavier tombe dans cette comparaison, & il ne confidere pas, que toute fainteté, à l'exception de celle de Jefus-Chrift, eft derivée, & qu'il ne faut jamais compa-rer les fources aux ruiffeaux. Il eft vray que faint Paul écrivant aux Corin-thiens leur dit : *Soyez mes imitateurs comme je le fuis de Iefus-Chrift :* mais en ce rencontre faint Paul eftoit plus modefte en penfées qu'en paroles, & fa penfée eftoit que comme il fuivoit ce que Jefus-Chrift avoit prefcrit, ceux qui eftoient comme fous fa conduite, devoïët fuivre ce qu'il leur prefcrivoit. Il faut eftre fobre à fonder le Panegy-rique d'un Saint fur quelques rapports, qui peuvent eftre entre les vertus d'un Heros & les vertus naturelles d'une plante ou d'une befte, parce qu'il eft impoffible qu'entre les hommes, les plantes & les beftes, il y ait de juftes raports, que cette impoffibilité enga-ge le Predicateur à rapporter faux, & qu'enfin celuy qui entreprend de pouf-fer la pretendue analogie n'eft pas moins obligé dans l'efpace d'une heu-re, de faire le Naturalifte que le Theo-

logien. Molinier panegyrifant faint
Nicolas, prend pour texte, *que le jufte
florira comme la palme* ; le même Molinier panegyrifant faint Ambroife,
prend pour texte, *que le jufte croiftra en
grace comme le cedre du Liban :* mais
outre que la Philofophie déplaift à
ceux qui ne font pas Philofophes , &
que ceux qui le font ne peuvent fouffrir qu'on rapporte faux , il dit tant de
chofes fauffes fur la Palme & fur le Cedre, qu'il devient également infuporta-
ble & aux ignorans & aux doctes. Il ne
faut pas étendre beaucoup les belles
paroles des Saints, lors qu'elles s'adref-
fent aux grands, parce qu'on ne donne
pas ordinairement grande audiance à
ceux qui déplaifent. Un certain Sermo-
naire amplifiant les colloques de Pafchal & de Luce, n'eut pas mal fait , à
mon avis, s'il fe fut contenté du col-
loque fuivant. *Quelle bizarerie* , dit
Pafchal, *d'embraffer la Religion des
miférables , & quelle injure de mépri-
fer la Religion des Empereurs ? L'e-
xemple* , répondit Luce, *quelque il-
luftre qu'il foit, eft moins confiderable
que l'infpiration , & il eft conftant*

qu'en matiere de croyance l'on doit avoir
plus de repugnance pour l'erreur que de
deference pour la dignité. Qui est-ce qui
m'a creée, dit Luce par une sainte saillie, sont-ce vos *Dieux*? ils ont esté
faits, & le Dieu que j'adore les défera
quand il voudra. Si vous continuez de
blasphemer, reprit Paschal, l'on punira
une partie de vostre corps par une autre, & les tourmens qui suivront vostre
prostitution, seront signalez par tout ce
que la vengeance a de plus ingenieux &
de plus cruel. Si les Princes ont des satellites, Dieu a des *Anges*, & le même
Dieu qui aime les *Vierges*, sçaura bien
conserver ma virginité. Que si non content d'avoir entrepris de me forcer, l'on
m'expose sur les chevalets, aux peignes, au fer & au feu, ma constance
égalera mon martyre, & estant soûtenuë par celuy qui soûtient tout, elle
confondra & les *Tyrans* & les bourreaux. Si un Saint a esté le premier qui
ait tenté la conversion de certains peuples, il y a lieu de pousser en cét endroit son Panegyrique, parce qu'il n'appartient qu'aux grands zelez de faire
de semblables tentatives: mais si quoy
qu'il

qu'il ait esté inutilement prevenu , il a
porté ses pas où un autre Saint a perdu la teste, il y a lieu en cét endroit de
pousser davantage ses Eloges , parce
qu'il n'a pas esté seulement convaincu de l'aveuglement des peuples dont
il est question, qu'il a esté de plus convaincu de leur opiniâtreté , & que l'o-
piniâtreté icy est plus redoutable que le
simple aveuglement. Si un Saint n'a
esté reconnu pour grand homme de
bien qu'après sa mort , il faut s'étendre sur la vie cachée, parce que cette
vie a esté comme le caractere de ce
Saint , & il faut dans l'amplification dire de belles choses sur l'amour de la so-
litude , sur la fuitte des occasions , &
sur le mépris de la vaine gloire. Quand
un Saint a esté comme noûrry dans une
Cour licentieuse , il faut pour relever
la vertu du Saint, faire de grandes pauses sur la force de l'exemple , parce
que la victoire est plus ou moins glo-
rieuse, selon qu'elle est plus ou moins
difficile , & qu'il est tres- difficile d'ê-
tre Religieux parmy tout ce qu'il y a
de plus libertin, d'estre modeste parmy
tout ce qu'il y a de plus somptueux,

d'eſtre ſincere parmy tout ce qu'il y a
de plus fourbe, & d'eſtre chaſte parmy
tout ce qu'il y a de plus impur; Que
ſi dans la tyrannie du ſiecle le Saint
a eſté le recours des oppreſſez, des veuves & des orphelins, & qu'il ait eſté le
porte-parole des uns & des autres, il
faut rappporter ce que le Saint a re-
montré au Prince, ce que le Prince a
répondu, & ce qu'enfin le Saint a re-
pliqué ; parce qu'icy les remontrances
& les reproches ſuppoſent un zele extraordinairement courageux & con-
certé, & qu'un zele de cette nature n'eſt
pas moins rare qu'exemplaire. Quoy
que la grace faſſe quelquefois faire des
choſes étonnantes, il ne faut pas toûjours rapporter tout ce que l'Hiſtorien
du Heros a rapporté, parce que quelques Hiſtoriens ont eſté trop credu-
les, que quelques-uns d'entr'eux ont
joint l'impoſſible au faiſable, & que
quand les Predicateurs donnent trop à
la foy des Ecrivains, ils tâchent inutilement de porter les Auditeurs à pratiquer ce dont ils ont pretendu tirer le
caractere du Saint. Toutes les actions
qui donnent de l'horreur, & qui ont

esté neanmoins pratiquées par le Saint,
ne doivent pas estre mises en avant, lors
qu'elles sont plus dignes d'estre admi-
rées que d'estre suivies, parce que
l'imitation est la fin du Panegyrique
des Saints, qu'on ne doit proposer pour
objet d'imitation, que ce qui peut estre
ordinairement pratiqué par toutes sortes de personnes, & que le Predicateur,
par exemple, *qui tâche de porter les
Auditeurs à lecher le pus des playes*, seroit plus capable en cela d'exciter la
raillerie que la pieté. Ceux qui commencent l'Octave d'un nouveau Saint,
doivent suivre les degrez de l'âge & de
la condition, & rapporter toutes les
actions qui ont ou excedé l'âge ou remply les devoirs du ministere, parce que
ceux qui le commencent, debvant donner une idée de toute la vie du Heros,
ne doivent pas moins faire l'Historien
que le Panegyriste ; Les Predicateurs
suivans sont dispensez de parler du
païs, de la naissance & de l'education
du Saint, parce qu'il ne faut pas entretenir plusieurs fois l'Auditeur des
mêmes choses, que ceux qui ont commencé l'Octave ont deû estre chargez

des mêmes circonstances, & qu'à
moins que les circonstances de la nation, des parens & de l'education du
Saint, ne fourniffent abondamment de
matiere à la Rhetorique, l'on doit
laiffer à ceux qui ont primé le petit
examen des menuës circonstances. Il est
indecent à ceux qui font de la condition
du Saint de s'étendre fur les avantages
de cette condition, parce que c'est faire deuxEloges,&que ce n'est pas moins
vanter le Predicateur que le Heros. De
plus outre que les qualitez qui font
comme communes, n'exigent pas de
grandes loüanges, les mêmes qualitez
font confiderées ou comme abftraites
ou comme attachées ; fi elles font confiderées comme abftraites, on ne loüé
perfonne en les loüiant, & fi on les
confidere comme attachées, on ne
loüe pas moins les vicieux que les
gens de bien. Un Feüillant panegyrifant faint Auguftin aux Jacobins du
Fauxbourg faint Germain, s'arrefta fi
long-temps fur la qualité de Religieux,
qu'il oublia prefque tout le refte de
fon fujet; il est vray qu'il dit de belles
chofes, mais enfin il ne loüia qu'une

abstraction, qu'une idée , &c. Un jeune Docteur panegyrisant à la Mercy
un nouveau Saint qui avoit esté Docteur de Paris , tomba dans le défaut du
Feüillant : mais quoy qu'il eût porté
haut le Doctorat , il ne fut pas la
moitié si prolixe sur ce qui estoit comme étranger à son sujet , que le fut le
Feüillant, & certes l'on peut dire à sa
gloire, qu'il repara si bien sa faute que
passant heureusement de ce qui luy
estoit côme étranger à ce qui luy estoit
propre , il laissa son Auditoire dans la
derniere admiration. Enfin un Prestre
qui estoit fils d'un Orfévre panegyrisant saint Eloy, poussa si fort la qualité
d'Orfévre , qu'oubliant comme son
texte & sa division, il ne nous entre-
tint que de perles & de pierreries.

SOCRATE.

Quelques Peres , ce me semble, ont
excellé au Panegyrique.

EVSEBE.

Les Basiles , les Gregoi es de Na-
o iij

zianze , les Chryfoftomes & les Am-
broifes , ont entendu toutes les efpeces
de Predication : mais Suidas rapporte
qu'en matiere d'Eloges faint Bafile n'a
gueres eu de femblables.

EPISTEMONT.

Il eftoit plein de lumiere & d'invention , & quoy que fon ftyle ne fût pas
fort relevé, il fçavoit fi bien décrire
les circonftances d'une action , qu'il
fembloit qu'on vift ce qu'il reprefen-
toit.

EVSEBE.

Son ftyle n'eftoit ordinairement ny
bas , ny fubtil : mais quand il s'agiffoit
de pouffer une vertu, il fçavoit trouver
des figures convenables à la majefté de
fes fujets.

POLIANTE.

Ou je n'entens pas les chofes, ou
tout ce que vous avez dit jufques icy fur
le Panegyrique, eft digne d'eftre écrit:
mais ce n'eft pas affez , à mon avis, que
de demeurer dans le genre , il faut def-

cendre dans les efpeces; & comme l'O-
raifon funebre eft une efpece de Panegyrique, il feroit à propos , ce me femble, qu'elle tombât fous vos reflexions.

EPISTEMONT.

Elle demande fouvent un Exorde
pompeux , & une narration difcrette.

EVSEBE.

Elle demande un Exorde pompeux,
quand il s'agit d'un homme qui a fait
cent actions extraordinairement éclatantes, & elle demande une narration
difcrette, quand il s'agit d'un homme
qui n'a gueres eu moins de grands défauts que de grandes perfections.

SOCRATE.

L'on peut dire quelque chofe en paffant des défauts de celuy dont l'on fait
l'Eloge : mais pour ne point deshonorer les familles , l'on ne doit blâmer les
actions blâmables, comme j'ay cy-devant dit , qu'en termes negatifs.

POLIANTE.

Icy l'on ne doit point excuſer les effets, l'on ne doit excuſer que les cauſes; Si le défaut du défunt a conſiſté en l'avarice, il faut excuſer l'âge, la pluſpart des vieillards ſont taquins; Si le défaut du défunt a conſiſté en la colere, il faut excuſer le temperament, la pluſpart des bilieux ſont emportez.

HEPHESTION.

Si celuy dont l'on fait l'Oraiſon funebre, a eſté aſſez malheureux que d'avoir porté les armes contre ſon Prince, il ne faut pas entreprendre de le juſtifier, parce que tous les vicieux veulent paſſer pour ce qu'ils ne ſont pas, & qu'on ne pourroit juſtifier le ſujet qu'on ne condamnaſt le Souverain.

EVSEBE.

Il faut faire voir ſeulement qu'il avoit trop donné au conſeil de ſes pretendus amis, que quoy qu'il fut
honoré

honoré chez les étrangers, il ne respi-
roit que le retour, & que si dans son repentir il eût esté certain d'estre le bien
venu, il eût quitté leur party, qu'il
aimoit son Roy & sa patrie, & qu'il
aimoit si tendrement l'un & l'autre,
qu'il ne remportoit jamais aucun avan-
tage qu'il ne pleurast en secret son bonheur.

SOCRATE.

Ceux qui entreprennent une Oraison funebre, doivent sçavoir en quoy
consiste la veritable grandeur, parce
que lors qu'on ne le sçait pas, l'on pu-
blie souvent ce qu'on devroit taire.

HEPHESTION.

Le magnanime du Philosophe est
une grande regle, & quoy qu'il agisse
sur des principes assez particuliers, il
n'agit que conformement à ce que la
Morale a de plus noble & de plus relevé.

POLYANTE.

Ceux qui entreprennent de parler des
3. P.　　　　　　　　　P

actions éclatantes d'un homme d'ef-
pée, doivent affecter la fidelité , parce
que les actions éclatantes ont eu cent
témoins , & que quand le Predicateur
passe pour menteur sur ce que tout le
monde sçait , il ne passe point pour sin-
cere sur ce que tout le monde ne sçait
pas.

EVSEBE.

Il faut quelquefois dire ce qu'on
voudroit celer. Eusebe fut blâmé , de
ce qu'ayant panegyrisé Constantin il
passa sous silence un meurtre dont il
estoit accusé , parce qu'il ne faut pas
taire ce qui est tombé sous la connoissance de tout un peuple , & que quand
l'on fait mal à propos le discret , l'on
donne lieu aux Auditeurs de douter des
veritez qu'on a debitées.

HEPHESTION.

Celuy , par exemple , qui panegyri-
seroit Philippe deuxiéme , seroit pareillement blasmé , s'il ne disoit rien de
la mort de son fils , parce que les Hi-
storiens même l'accusent d'en estre

d'auteur, & qu'il ne faut jamais faire un secret, comme l'on vient de dire, d'une action divulguée.

EVSEBE.

Quoy que le Predicateur puisse parler hardiment de la vie secrette d'un Heros, il faut neanmoins qu'il soit sobre sur les vertus qui semblent avoir esté publiquement dementies par de certaines actions ; parce qu'il ne trouveroit pas une facile croyance dans l'esprit des Auditeurs ; & ainsi si celuy, par exemple, dont l'on fait l'Oraison funebre, avoit esté tres-courtois envers les femmes, il ne faudroit pas faire de sa vie secrette une vie Angelique, parce qu'ayant trop honoré le sexe, il seroit douteux qu'il eût vécu comme s'il n'eût point eu de corps. & que quand un Predicateur est soupçonné de flaterie, il n'est pas moins mécru, quand il dit vray que quand il dit faux.

HEPHESTION.

Lors qu'on parle d'une vertu extraordinaire, il faut parler, comme l'on a déja dit, de ce qui peut relever les grandes vertus ; Si celuy dont l'on fait les Eloges, a esté humble, il faut parler ou de sa naissance, ou de sa condition, parce que la naissance & la condition engendrent l'orgueil, & qu'il est rare qu'elles aillent de compagnie avec la modestie.

EVSEBE.

Lors qu'on parle d'une passion loüable, il faut pareillement parler de ce qui releve les belles passions ; Si celuy, par exemple, dont l'on fait le Panegyrique, a esté secourable, il faut dire quelque chose de la grandeur ; la raison de cela est, comme dit Aristote, que la pluspart des grands ne croyans pas devenir pauvres, ne se considerent point en la place des miserables, & que ne se considerant pas en cette place, ils ne tiennent compte de secourir les affligez.

HEPHESTION.

Lors qu'un Predicateur est quelque chose, & qu'il est obligé de parler, ou de la naiſſance, ou de la condition, il ne faut pas qu'il s'étende plus ou moins ſur les avantages de l'une ou de l'autre, ſelon qu'il vient d'une maiſon d'épée, ou d'une maiſon de robbe, parce qu'élevant les uns aux dépens des autres, il jette des ſemences de haine.

EVSEBE.

Ce défaut eſt aſſez frequent dans la perſonne des Eveſques & des Abbez: mais il faut s'en défendre, parce qu'il eſt tout enſemble & deſobligeant & vain.

THRINE.

Comme l'Oraiſon funebre a bien des relations, il eſt bon de s'étendre ſur elles.

EVSEBE.

L'on s'étendra ſur cette eſpece de Panegyrique, mais à l'heure qu'il eſt, une affaire preſſante m'appellant ailleurs qu'icy, me diſpenſe de pouſſer preſentement la matiere.

SEPTIE'ME

CONVERSATION

DE LA

PREDICATION.

CESONIE.

L'On demeura la derniere fois sur l'Oraison funebre, & Eusebe eust sans doute entierement satisfait la Compagnie, si une affaire pressante ne l'eust dérobé à sa curiosité: mais je prevoy aujourd'huy à l'air de son visage, que rien ne l'inquiette, & qu'il nous fera voir conformément au Proverbe, que *tout ce qui est differé n'est pas perdu.*

EVSEBE.

Voulez vous que je reprenne le discours?

CESONIE.

Moins vous remettrez à le reprendre, & plus vous épargnerez noftre impatience.

EVSEBE.

Il ne faut pas dire comme la plufpart des Predicateurs, que comme le mort s'eft intereffé en nos affaires, il eft jufte que nous nous intereffions en fa gloire, il faut dire que comme le défunt s'eft intereffé en nos affaires, il eft jufte que nous nous entereffions en la gloire de fa famille.

SOCRATE.

En effet les morts n'ont que faire des vanitez du fiecle, & les pompes funebres font du nombre de ces vanitez.

EVSEBE.

Quand un homme a paffé par toutes les grandes charges, il eft bon de marquer le caractere de chaque charge, & de faire voir qu'il a toûjours remply les devoirs de fon miniftere.

p iiij

POLYANTE.

Quand le mort n'a point acheté la Charge dans laquelle il eſt mort , & qu'elle a eſté un des bienfaits du Prince , il faut élever le merite du ſubjet, vanter la prudence du Souverain , & c'eſt en ce rencontre qu'on doit doubler les éloges.

ETISTEMONT.

Il eſt bon de remarquer les degrez de l'élevation , parce que ces degrez prouvent les degrez du progrez.

SOCRATE.

L'on peut quelquefois apoſtropher le mort , mais l'on ne doit ordinairement l'apoſtropher que quand aprés avoir poſé une certaine maxime, l'on fait voir que le mort par ſes actions en a bien reconnu l'importance.

EVSEBE.

Si le mort eſtant puiſſant & pieux

a fait baftir des Monafteres, il ne faut
pas vanter comme Ogier, la magnificence des baftimens, il ne faut vanter
que la multitude des édifices, parce
que la magnificence des baftimens
femble accufer le mort de vanité &
d'imprudence; *de vanité*, parce qu'ar-
reftant frequemment les yeux, elle
jette frequemment les curieux dans
l'admiration; *d'imprudence*, parce que
les Moines ne doivent pas eftre fuper-
bement logez, & qu'il vaut mieux loger mediocrement beaucoup de gens,
que de loger extrémement bien peu de
Solitaires.

SOCRATE.

Si l'on parle d'un homme de guerre,
il faut faire voir que le mort en toutes
les occafions perilleufes a paru refolu,
parce que, comme dit Ariftote, *tel*
affronte hardiment la mort dans le lit,
qui ne l'affronte pas ainfi dans le Camp,
& que c'est eftre veritablement vaillant
que de l'affronter en tous lieux.

EPISTEMONT.

Si le défunt avoit fouvent en bouche

des veritez mal tournées, il faut raporter les dits , & il 'ne faut pas rapporter
les phrases, parce que la grossiereté du
tour fait toûjours tort à la gravité des
pensées , & qu elle accuse même de
rusticité la personne dont l'on vante le
bon sens. Un de nos Ecrivains pe-
chant dans une Oraison funebre contre ce que je viens de dire, fait scrupu-
le de changer une basse façon de parler dont usoit assez souvent une femme
de haute condition , & il ne considere
pas qu'il y a une grande difference entre le Panegyriste & l'Historien , que
l'un doit rapporter les choses comme
elle ont deub estre exprimées , & que
l'autre doit dire les choses comme elles
ont esté dites , que le Panegyriste ne
peut estre quelquefois exact , qu'il ne
le soit aux dépens de son sujet , &
que lors que cela arrive , il vaut mieux,
par exemple, contre ce qu'il a pratiqué, faire parler une Marquise comme
une Marquise , que de la faire parler
comme une Crocheteuse. Quoy que
selon ce que j'ay posé, l'on doive ordinairement parlant, donner de nobles
expressions à de nobles pensées, l'on

ne doit pourtant ipas parler toûjours
de fon mieux devant routes fortes de
perfonnes. Un Empereur , dont je ne
me fouviens pas du nom , fut blâmé de
ce qu'il avoit parlé auffi éloquemment
devant des Barbares, que s'il eut parlé
devant des polis ; & fon Panegyrifte
feroit fans doute pareillement repris,
fi rapportant fa Harangue il n'en chan-
geoit la diction. Si le défunt a efté l'En-
tremeteur des deux Couronnes fur des
affaires de la derniere importance , il
faut vanter la Nation vers laquelle il
a efté envoyé, & il faut exagerer la
chofe pour laquelle il a efté choifi, parce que les difficultez relevent le prix
des actions , qu'il eft plus mal-aifé,
par exemple , d'agir heureufement avec
les Italiens qu'avec les Suiffes , de traiter d'une paix que d'un mariage , des
pretenfions d'un Etat que des articles
d'une confederation. Si le défunt a eu
pour parens des Heretiques , il faut
relever d'autant plus la foy de celuy
dont l'on entreprend l'Oraifon Funebre, que cette foy fuppofe felon nous
bien des chofes, qu'elle fuppofe qu'on
a répondu aux infpirations d'enhaut,

qu'on a esté curieux d'entendre sur les
affaires de son salut les parties oppo-
sées, qu'on a fait de judicieuses reflexions sur les raisons de part & d'autre,
& qu'enfin estant éclairé , l'on a eu
honte de professer davantage une Religion sensuelle, orgueilleuse & liber-
tine.

EVSEBE.

Lors qu'il s'agit de faire l'Oraison
Funebre d'un Roy, l'on peut d'abord
considerer l'appareil mortuaire comme
le triomphe de la mort , parce que la
mort a ravy le Prince : mais l'on peut
ne le considerer que comme un demy-
triomphe, lors que le Prince laisse d'il-
lustres heritiers.

EPISTEMONT.

L'on peut considerer le défunt au regard de la paix & de la guerre, & l'on
doit faire voir par des exemples notables, qu'il a eu toutes les vertus qui appartiennent au repos & au trouble; L'on
doit reduire les actions du Roy sous de
certains chefs , parce qu'il faut prou-

ver quelque chose, & qu'il faut pour
parler methodiquement, que les points
soient raportez à quelques membres
de division. Ogier ne divisoit presque
point, & à moins que de luy donner
une tres-grande attention, l'on ne sçavoit à quelle proposition i. entendoit
rapporter certaines preuves. Si un Roy
est mort d'une mort violente, il faut cô-
siderer quelle a esté *la cause de sa mort,*
& si la cause de sa mort est venuë ou de
la jalousie des voisins, ou de la crainte
des heretiques, il faut de là prendre su-
jet de vanter la vaillance ou le zele:
mais si la cause de la mort est venuë de
la conjuration du peuple, il faut dire,
que les plus sages Princes ont trouvé
des rebelles, que le gouvernement est
sujet à cent reproches, qu'il est comme
impossible de faire le bien des uns qu'on
ne fasse le mal des autres, que le même
coup qui a fait la joye des seditieux, a
fait la consternation des gens de bien,
que le peuple est rentré en soy-même,
qu'il a fait des prieres publiques pour
appaiser l'ire de Dieu, & que si ceux
qui ont commis le parricide, ne fussent
pas morts de la main du bourreau, ils

fussent morts de leur propre main.
Comme la Genealogie des Rois est
connuë, il n'est pas necessaire de raporter la suitte des Ancestres de celuy dont
l'on fait les Eloges, & si on la raporte,
ce ne doit estre qu'à l'endroit où l'on
veut porter l'Auditoire au mépris des
choses du monde, parce que ce n'est
que dans la Morale où l'on doit faire
voir, que toutes les grandeurs de la
terre n'aboutissent qu'au tombeau.

EVSEBE.

Quoy que je ne pretende pas faire
icy tout ensemble &le Rheteur & l'O-
rateur, je ne laisseray pas de dire quelque chose sur cinq ou six sortes d'Oraisons funebres, parce que la pluspart
des jeunes Predicateurs ne sçavent pas
grand'chose, & que ceux qui ont le
bonheur de bien diviser, n'ont pas la
science de bien remplir. S'il s'agit de
panegyriser un Roy, l'on pourra le
considerer non seulement au regard de
ses ennemis & de son peuple, mais
encore au regard de soy-même, &
dans ces divers regards chaque point

fournira une ample matiere.

PHRYNE.

De grace, que peut-on dire à tous
ses regards?

EVSEBE.

L'on peut dire au premier regard,
qu'il n'a jamais esté agresseur, qu'il a
toûjours proposé des voyes d'accommode-
ment, & qu'encore qu'il fut grand Capitaine il a toûjours moins aimé la guerre que la paix, que toutes les fois qu'il
a pensé aux suittes de ce qu'il aimoit le
moins, il a toûjours esté dans la derniere disposition de se relâcher, qu'il
n'a jamais esté enflé de ses prosperitez
ny abbatu de ses disgraces, qu'il a toûjours esté devoüé aux volontez de Dieu,
& que comme il a toûjours tout rapporté aux ordres de la Providence, il a
toûjours regardé du même œil la bonne
& la mauvaise fortune. L'on peut dire
au second regard, qu'il a toûjours regardé son peuple comme sa seconde famille, qu'il n'a jamais recouru à ses
contributions que dans la necessité des

*affaires, & que la paix n'a pas esté plû-
tost concluë qu'il a remis les tailles au
premier état, qu'il n'a remply ses coffres
que de son ménage, & qu'il n'a employé
une partie de son ménage qu'aux utili-
tez publiques, qu'il a fait faire des
Ponts, qu'il fait construire des Aque-
ducs, qu'il a reglé les Finances, &
qu'il a abregé les procedures.* L'on peut
dire enfin au dernier regard, *qu'il ne
souffroit dans son Palais ny corrup-
teurs, ny libertins, qu'il honoroit les
Prestres, qu'il aimoit les Communau-
tez, qu'il protegeoit les veuves & les
orphelins, qu'il soulageoit les pauvres
en un mot qu'il estoit devot, accessible,
considerant & charitable.* S'il s'agit de
panegyriser un Chancelier, on pourra le considerer au regard de la Cour
& du Conseil, & l'on pourra dire à
l'égard du premier point, *qu'il avoit
plus de sincerité que de complaisance,
qu'il ajustoit moins ses conseils à l'in-
clination du Prince qu'à l'état des affaires, qu'il avoit l'esprit remply de la
pratique de tous les temps, qu'il ne
rappelloit pas tant ce qu'on avoit fait
que ce qu'on devoit faire, qu'il n'avoit
seulement*

seulement pas la hardieſſe de propoſer
au Roy ce que la Iuſtice exigeoit, qu'il
avoit encore le courage de ſoûtenir ce
qu'il avoit propoſé, que quelque zelé
qu'il fuſt pour le Prince, il ménageoit
toûjours les intereſts du peuple, qu'il
eſtoit conſiderant & pitoyable, qu'il
ſçavoit que l'amour des ſubjets eſtoit le
rempart des Souverains, & que comme toutes les choſes violentes n'eſtoient
pas de durée, les conſeils violens n'a-
voient jamais des ſuccez durables.
L'on peut dire à l'égard du ſecond
point, qu'il ſe fioit plus à ſes yeux qu'à
ſes oreilles, qu'il liſoit & reliſoit la
pluſpart des choſes qu'on mettoit ſur le
tapis, qu'il eſtoit interrogeant & exa-
minatif, qu'il ne comptoit pas les raiſons, qu'il peſoit les ſentimens, qu'il
eſtoit ennemy des longueurs & des re-
miſes, qu'il ſçavoit que la pourſuitte des
affaires conſumoit bien des choſes, &
qu'à moins d'eſtre expeditif ceux de dehors n'eſtant ſouvent pas en état de
ſubvenir aux frais d'une longue ab-
ſence, eſtoient enfin contraints d'abandonner leurs affaires. L'on pourra enfin par maniere de conſequence, tirer

q

de ses vertus politiques ses vertus
Chrestiennes, & dans le dernier sujet
de ses Eloges l'on pourra dire, *qu'il
distribuoit aux Hospitaux certains re-
venans bons dont les Chanceliers sont
les Maistres, qu'il avoit soin non seulement des pauvres honteux, mais encore des pauvres mendians, qu'il s'in-
teressoit en la cause des foibles, qu'il
s'opposoit à la violence des Puissans,
qu'il operoit le bien sans faste & sans
jactance, qu'il déroboit la pluspart de
ses bonnes actions à la curiosité des
étrangers, qu'il n'avoit que Dieu en
veuë, qu'il n'avoit que Dieu pour fin,
& que comme il estoit en particulier ce
qu'il estoit en public, il portoit sur
son visage les satisfactions de sa conscience.* S'il s'agit de loüer un Marés-
chal de France, l'on pourra le considé-
rer auregard de la discipline, de la diligence & de la fermeté, & dans la discipline on pourra y vanter la Religion, la prudence & la justice. Si on
le considere au regard de la discipline
l'on pourra dire, *qu'il estoit curieux
d'avoir à la suitte de l'armée des Ec-
clesiastiques sçavans & vertueux, qu'il*

estoit ennemy du pillage, du violement
& du blaspheme, qu'il caffoit à la teste
des Regimens ceux qui enflez de leur
extraction, n'obeïffoient qu'à demy aux
ordres des Superieurs, qu'il prevenoit
la rapine des Chefs, qu'il estoit toûjours témoin de la distribution des
montres, qu'il écoutoit les plaintes des
uns & des autres, qu'il usoit tantost de
remontrances & tantost de châtimens,
& que selon la nature des actions il
estoit doux ou severe. Si on le confidere au regard de la diligence, l'on pourra dire, qu'il ne dormoit presque point,
& que quand il dormoit, il ne dormoit
que de jour, qu'il avoit cent espions, &
que quand l'occasion luy donnoit belle,
il ne remettoit jamais au lendemain ce
qu'il pouvoit faire le jour même, qu'il
estoit souvent couvert de sueur & de
poussiere, qu'il encourageoit les soldats
de parole & d'exemple, qu'il donnoit
quelquefois de fausses allarmes, & que
lors qu'il estoit aux talons de l'ennemy,
il donnoit adroitement à presumer qu'il
en estoit éloigné. Si on le confidere au
regard de la fermeté, l'on pourra dire,
qu'il ne craignoit que Dieu, & que

quand il s'estoit acquitté des devoirs
d'un Chrestien, il conservoit la netteté
de son jugement à l'aspect des plus
grands perils, qu'il regardoit du même
œil le bon & le pire, qu'il estoit tout à
tous & tout à soy-même, qu'il s'avan-
çoit sans precipitation & qu'il se retiroit sans desordre. S'il s'agit de panegyriser un Evesque, on pourra le considerer comme docte, comme vigilant,
comme abstinent & comme aumônier.
Si on le considere comme docte, l'on
pourra dire, que quoy qu'il n'eust pas
ambitionné les dignitez de l'Eglise, il
avoit feüilleté de longue main les Ecritures, les Peres & les Conciles, qu'il
avoit la memoire remplie des plus importantes questions de l'Ecole, qu'il sçavoit ce qui appartenoit à la Foy, à la
Morale, & à la discipline, qu'il estoit
informé de la pratique de tous les siecles
Si on le considere comme vigilant, l'on
pourra dire, qu'il veilloit sur toutes les
Eglises de son Diocese, qu'il estoit soi-
gneux de remplir la maison de Dieu de
Pasteurs doctes & exemplaires, qu'il
n'apprenoit pas plûtost le moindre desordre qu'il estoit sur les lieux, qu'il

avoit foin de confirmer dans le bien les
efprits chancelans, & de retirer du mal
les efprits infirmes, qu'il n'y avoit point
de temps, fâcheux qui fuft capable de le
retenir dans fon Palais, lors qu'il s'a-
giffoit de quelque reconciliation, qu'il
faifoit tout fon poffible par les difcours
& par les bienfaits d'empefcher que
l'ignorance & la pauvreté ne dérobaf-
fent des cœurs à Dieu, qu'il vifitoit
frequemment tous les lieux de fon Dio-
cefe, qu'il écoutoit à loifir tous ceux
qui recouroient à fon authorité, & qu'il
n'y avoit point de fujet de plainte dont
il ne coupaft incontinent la racine. Si
on le confidere comme abftinent l'on
pourra dire, qu'il hayffoit les fuperflui-
tez, & qu'à l'exception de certains iours
fon ordinaire eftoit pluftoft l'ordinaire
d'un Religieux que celuy d'un grand
Prelat, qu'il ne prenoit iamais fes repas
chez luy que les pauvres ne fuffent les
premiers partagez, qu'il ne vivoit ordinairement que de ce qu'il n'aimoit
pas, qu'il n'eftoit pas moins abftinent
en meubles qu'en vivres, qu'il n'avoit
dans le lieu particulier de fa retraite
que ce que la neceffité exigeoit, & qu'il

n'eſtoit pas moins mortifié par la dureté
de ſon lit que par la rigueur de ſes icû-
nes. Si on le conſidere comme aumônier, l'on pourra dire, qu'il n'eſtoit ménager que pour eſtre ſecourable, qu'on ne
voyoit ordinairement à ſa ſuite que des
veuves & des orphelins, qu'il reveſtoit
les nuds, qu'il retiroit les pelerins,
qu'il conſoloit les priſonniers, & qu'il
ſecouroit les malades, qu'il aidoit à
relever la boutique de certains Artiſans,
dont la grande charge devoroit le profit, qu'il prevenoit par des aumônes
conſiderables l'abandonnement des pauvres filles, & que pour épargner la confuſion de ceux dont la miſere deshono-
roit la naiſſance, il faiſoit ſemblant de
preſter ce que charitablement il donnoit.
S'il s'agit de panegyriſer un Surinten-
dant des Finances, on pourra le conſiderer comme compatiſſant, comme
deſintereſſé, comme modeſte & comme charitable. Si on le conſidere comme compatiſſant, l'on pourra dire,
qu'il avoit ſoin d'eſtre inſtruit par des
gens de bien du menu des affaires, qu'il
eſtoit curieux de ſçavoir ſi les années
avoient eſté ſteriles ou abondantes, ſi

les lieux qui n'avoient presque point de
commerce, n'estoient point trop haut à
la taille, s'il n'estoit point arrivé quelque debordement de riviere, quelque
tempeste desolante, si les gens de guerre
en passant par de certains Bourgs n'a-
voient point ravagé le pays, & selon
les relations de ses confidens il dimi-
nuoit les charges. Si on le considere
comme desinteressé l'on pourra dire,
qu'il n'a point fait sous des noms em-
pruntez des constitutions de rente, qu'il
n'a point élevé ses enfans aux dépens
du peuple, qu'il n'a augmenté son revenu que des liberalitez du Prince,
qu'il n'a jamais adjugé les fermes publiques qu'aux plus offrans & derniers
encherisseurs, qu'il a tousiours rejetté
les presens de ceux dont l'intention é-
tant de le corrompre estoit d'avoir les
fermes à bon compte, qu'encore que les
Surintendans ne soient pas comptables,
il a voulu, quelques mois avant que de
mourir, faire voir clair dans ses affaires, & qu'il l'a fait si hautement qu'il
a fermé la bouche à tous ses Examina-
teurs. Si on le considere comme modeste, l'on pourra dire, qu'il n'estoit

magnifique ny en meubles ny en ta-
ble , ny en train , qu'il n'a jamais
donné fujet au peuple de luy reprocher
qu'il dépeuploit les forefts , qu'il enle-
voit les marées, qu'il defertoit les Hal-
les , qu'il employoit cent mains & cent
langues pour traitter les goinfres , les
appareilleurs & les femmes , qu'il n'a
point affecté cette fauffe magnificence ce
fujet de haine, & qu'il l'a moins ,rejettée
pour ne point encourir l'indignation du
'Prince , & pour ne point exciter le
murmure du peuple , que pour eftre en
eftat d'adoucir le facheux eftat des
familles. Si on le confidere comme
charitable , l'on pourra dire , qu'il
avoit un foin particulier des pauvres
de fa Paroiffe , qu'il augmentoit les
gages des Medecins, des Apotiquaires
& des Chirurgiens qui en avoient l'ad-
miniftration , qu'il envoyoit fecrette-
ment certains obfervateurs dans les
maifons comme expirantes,& que felon
leurs raports il diftribuoit fes bienfaits,
qu'il entretenoit plufieurs filles chez les
Filles de la Providence , qu'il payoit
mefme quelquefois les debtes de ceux
dont le feul malheur avoit fait la defo-
lation.

lation. S'il s'agit de panegyriser un Se-
cretaire d'Etat , on pourra le considerer comme exact , comme expeditif &
comme fidele. Si on le considere comme exact, l'on pourra dire, *qu'il lisoit*
toutes les depesches des Provinces de
son département , que quoy qu'il fust
persuadé de la diligence & de l'integri-
té de son premier Commis, il faisoit un
memoire circonstancié de tout ce qu'on
desiroit de la Cour, qu'il faisoit valoir
auprés du Roy les services des honnestes
gens, & qu'il le representoit jusques aux
moindres circonstances. Si on le considere comme expeditif , l'on pourra
dire, *qu'entre ses mains une même af-*
faire ne l'attachoit gueres souvent au
Cabinet , qu'il estoit plus prompt à
répondre qu'on n'avoit esté prompt à
luy écrire , qu'il donnoit audiance deux
ou trois fois le jour à ceux qui estoient
bien aises d'estre informez de vive voix
des intentions du Roy, qu'il abondoit
en Commis & en Couriers, & qu'il
n'abondoit en l'un & en l'autre que par-
ce qu'il vouloit que les depesches & les
sourses fussent presque aussi promptes
que les resolutions. Si on le considere

3. P.   r

comme fidele, l'on pourra dire, s'il a
eu les païs étrangers ou la guerre., *qu'il
avoit toûjours traité indignement ceux
qui avoient eu la hardieſſe de luy propoſer de la part des Puiſſances de dehors
des intelligences criminelles, qu'il ſçavoit bien que le ſuccés des affaires dé-
pendoit ſouvent du ſecret des reſolutions, qu'il enviſageoit la perfidie d'un
Miniſtre comme le plus grand de tous
les crimes, qu'il eſtoit content des bienfaits du Roy, qu'il eut eſté honteux de
devoir à ſa corruption la grandeur de
ſa fortune, qu'il aimoit tendrement
Dieu, le Prince & la patrie, qu'il
avoit la conſcience delicate, & que bien
éloigné de manquer de foy au Souverain, il tenoit meſme ſa parole à ceux
qui n'en avoient point, qu'il accordoit
en ſa perſonne la Politique avec l'E-
vangile, l'homme d'Etat avec l'homme de bien, & que quand les choſes ne
dépendoient pas de ſon pur miniſtere, il
tâchoit toûjours de faire en ſorte que la
vertu ne fuſt pas bleſſée.* S'il s'agit de
panegyriſer une Dame de haute qualité, on pourra la conſiderer comme
fille, comme femme, & comme me-

re. Si on la confidere comme fille l'on pourra dire, *qu'elle estoit édifiante en ses habits, en ses regards & en ses paroles, qu'elle ne se consideroit ny comme noble, ny comme belle, ny comme riche, qu'elle ne se consideroit que comme l'ouvrage des mains de Dieu, & qu'en cette veuë elle recevoit de la mortification de toutes les choses dont les autres reçoivent de la joye, qu'elle ne souffroit ny les entretiens particuliers ny les mots à double entente, qu'elle ne lisoit ny billets ny Romans, qu'elle ne nourrissoit son esprit que de livres pieux & que de remontrances salutaires, qu'elle fuyoit les bals, qu'elle couroit les Sermons, & que quand par contrainte elle assistoit aux spectacles, sa tristesse paroissoit en son silence & en ses soupirs.* Si on la confidere comme femme, l'on pourra dire, *que comme elle avoit un mary tres-raisonnable, elle n'avoit point d'autre volonté que la volonté de son Epoux, qu'elle n'avoit des yeux que pour celuy qui n'avoit qu'un cœur que pour elle, qu'elle évitoit les occasions de donner le moindre sujet d'outrage, qu'elle ne recevoit en sa maison*

r ij

que ceux que son mary y introduisoit,
qu'elle n'avoit esté gueres moins modeste en qualité de femme qu'en qualité de
fille, qu'elle n'estoit pas comme celles qui
ne peuvent souffrir l'impureté, & qui
neámoins semblent par leurs ajustemens
la vouloir exciter, qu'elle fuyoit la rencontre de ceux dont elle avoit reçû de
douces œillades, qu'elle n'ambitionnoit
d'estre aimée que de Dieu & de son mary, qu'elle estoit plus souvent à la campagne qu'à la Cour, & qu'elle ne re-
voyoit le grand monde que quand las-
sée de l'absence de celuy dont elle faisoit la chere moitié, elle ne pouvoit satisfaire son cœur que par ses yeux. Si
on la considere comme mere, l'on
pourra dire, qu'elle ne faisoit aucune
action qui ne fust exemplaire, qu'elle
élevoit ses enfans à l'amour de Dieu
& au mépris du monde, que comme elle
sçavoit que les exemples estoient plus
persuasifs que les preceptes, elle ne les
excitoit à la priere, à la pitié & au par-
don, que par des actes de devotion, de
compassion & de douceur, qu'elle n'entretenoit sa famille que des bontez de
Dieu & que des méconnoissances des

hommes, qu'elle ne pouvoit souffrir le
moindre jurement ny la moindre licence,
qu'elle examinoit tres-exactement ceux
dont ses enfans devoient estre instruits,
qu'elle ne s'arrestoit pas tant à la suf-
fisance qu'à la vertu, qu'elle paroissoit
tantost douce & tantost rude, qu'elle
varioit son exterieur selon les regles de
la prudence, qu'elle n'excitoit aucune
jalousie entre ses enfans, qu'encore
qu'elle fust plus touchée des uns que
des autres, elle ne laissoit pas de leur
faire un traitement égal, qu'elle sçavoit bien que la jalousie degeneroit souvent en haine, & que de la haine des
freres il naissoit quelquefois d'étran-
ges troubles, qu'elle n'estoit point comme ces meres qui pour enrichir leur famille n'ajoûtoient point enfin les recompenses aux gages, qu'elle ne vouloit point que ses enfans deussent à l'a-
varice & à l'ingratitude, une partie
du bien qu'elle laissoit, qu'elle consideroit tendrement ses serviteurs, & qu'elle ne travailloit gueres moins à leur
fortune qu'à leur salut. Enfin, s'il s'agit
de panegyriser un Comte, un Mar-
quis, on pourra le considerer au regard

r iij

des ennemis de son Prince, au regard
des vassaux de ses Terres, & au regard
des membres de sa famille. Si on le
considere au regard des ennemis de son
Prince, l'on pourra dire, *qu'il n'ap-*
prit pas plûtost les differends qu'il y
avoit entre son Prince & ses voisins,
qu'il se défit des Charges qu'il avoit
chez les Etrangers, que comme ayant
passé par tous les degrez de la milice,
il estoit devenu grand Capitaine, il fut
honoré sous un tel ou tel Prince, d'une
telle ou telle dignité, qu'il estoit tousiours
le premier party & le dernier revenu,
qu'il estoit compatissant, officieux, &
liberal, qu'il assistoit les malades,
qu'il appuyoit auprés du Roy les gens
de service, qu'il excitoit les jeunes gens
à bien faire par cent marques d'estime,
qu'il estoit ménager du sang des troup-
pes, qu'il usoit de toutes les precautions
possibles avant que de faire une atta-
que, qu'il n'affrontoit jamais l'ennemy
qu'il n'eust imploré la protection du
Ciel, qu'il estoit froid avant la mélée,
qu'il estoit ardent dans le choc, que quel-
que grand Capitaine qu'il fust, il avoit
la modestie des moindres Officiers, qu'il

traittoit humainement ceux que le fort
des armes avoit livré entre ses mains,
& qu'il reprenoit aigrement ceux qui
les insultoient. Si on le considere au
regard des vassaux de ses Terres, l'on
pourra dire, qu'il n'usoit point des pri-
vileges de la Seigneurie, qu'il ne faisoit point cultiver son bien aux dépens
des corvées d'un paysan, que dans les
années steriles il remettoit sur pied ceux
qui n'estoient pas en état les années sui-
vantes de faire valoir les Terres, qu'il
ne tiroit aucun profit des avances, qu'il
faisoit qu'il y avoit une Charité en tous
les lieux de sa dépendance, qu'il ne
pouvoit souffrir les rancunes ny les chi-
canes, qu'il reconcilioit les familles,
qu'il assoupissoit les procez. Si on le
considere au regard des membres de sa
famille, l'on pourra dire, qu'il estoit
bon mary, bon pere, & bon maistre,
qu'il estoit un exemple de chasteté à sa
femme, un exemple d'humilité à ses enfans, un exemple de Religion à ses domestiques, qu'il estoit zelé, tendre &
reconnoissant, que sa maison estoit un
Temple, une Ecole & un Presidial,
qu'on y respectoit le Nom de Dieu, qu'on

r iiij

y enfeignoit les difciplines, & qu'on y
exerçoit la Iuftice.

PHRINE.

Je voudrois bien ſçavoir en matiere
d'Oraiſon funebre, quelle eſt la fin
des parens du mort, & quelle eſt celle
du Predicateur.

EVSEBE.

La fin des parens du mort eſt, qu'on
rafraichiſſe la memoire de ſes actions,
& qu'on découvre ce que ſa modeſtie
a tenu caché; La fin du Predicateur eſt
qu'on atrribuë à Dieu toutes les actions
loüables, qu'on honore Dieu en ceux
qu'il a aimez, qu'une partie de l'Auditoire entreprenne d'imiter les vertus du
défunt, & que tout l'Auditoire priant
Dieu pour ſon repos haſte ſa recom-
penſe.

CESONIE.

Quoy, vous voulez qu'il n'y ait
qu'une partie qui imite les actions du
mort, & vous voulez que tout l'Audi-

toire prie pour son repos; he! sur quoy peut estre fondée cette doctrine?

EVSEBE.

Outre que chaque condition a sa bienseance, & qu'il ne seroit pas seant, par exemple, à un Connestable d'imiter un Chancelier, le Predicateur peut avoir pour Auditeurs des Heros, & ayant pour Auditeurs de grands personnages, il auroit mauvaise grace de porter tout son Auditoire à l'imitation, parce qu'il supposeroit que nul ne seroit en possession des vertus du défunt, & que cette supposition ne seroit pas moins fausse qu'injurieuse; Il peut bien se tournant vers les jeunes gens de la profession du mort, les exhorter ou à imiter ses vertus, ou à perseverer dans l'imitation des mêmes vertus, parce qu'il est rare de voir de jeunes Heros, & que tous ceux qui ont le don de bien commencer, n'ont pas celuy de bien finir.

POLIANTE.

La plufpart des Predicateurs penfent qu'on n'étalle les belles actions, que pour exciter les Auditeurs à les imiter.

EVSEBE.

Si cela eft, la plufpart des Predicateurs penfent quelquefois mal, parce qu'on ne fait pas moins l'Oraifon funebre des illuftres femmes que des illuftres hommes, & qu'un Predicateur exciteroit impertinemment toute une Affemblée de grands Perfonnages à imiter une femme.

PHRYNE.

Certes, c'eft entendre l'Oraifon funebre.

EPISTEMONT.

Mon fentiment eft le voftre.

SOCRATE.

Qui ne tomberoit d'accord de ce qu'on vient de dire?

POLYANTE.

Le bon ſens a regné dans tout ce qu'a dit Euſebe.

EVSEBE.

Vous m'épargnerez quand il vous plaira, je n'ay rien dit d'extraordinaire.

EPISTEMONT.

Ne vous défendez pas des loüanges qu'on vous donne, l'on ne vous donne que ce qui vous eſt deub.

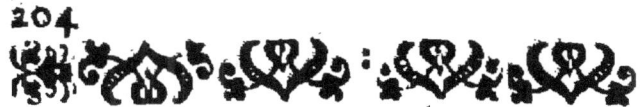

DERNIERE
CONVERSATION
SUR LA
PREDICATION.

CESONIE.

OU je me trompe bien, ou Eusebe finira comme il a commencé.

EVSEBE.

Je ne sçay pas si j'ay reüssi, mais au moins puis-je dire , que j'ay suivy à peu prés l'ordre des choses.

THRYNE.

Ne soyez pas en doute de vostre succez, si vous ne nous aviez pas entretenu solidement de l'art de prescher, nous ne serions pas encore dans l'impatience de vous entendre.

EVSEBE.

Puisque ce que je vous ay dit, ne vous a point dépleu, je vais reprendre le discours.

EPISTEMONT.

Ressouvenez-vous, s'il vous plaist, qu'il s'agit de faire voir comment il faut parler aux filles qui prennent l'habit, & comment il faut parler aux filles qui font Profession, comment il faut réveiller les Auditeurs, & comment il faut appliquer les figures.

EVSEBE.

En matiere de methode, tous les points doivent estre comme tirez les uns des autres. Si l'on dit d'abord qu'une fille n'a pas peu d'obligation à Dieu, lors qu'elle est tirée de la masse de perdition, il faut faire voir ensuite que tout inspire le mal dans le monde, & que tout inspire le bien dans la Religion. Si l'on dit que pour estre remply

de Dieu, il faut estre vuide de toutes
les choses de la terre, il faut faire voir
ensuite quels biens l'on quitte & quels
biens l'on recherche, & en cét endroit
l'on doit convaincre l'esprit de la faus-
seté dés biens que l'aveuglement pour-
suit, & de la verité des biens que le
desillement embrasse. Si l'on dit que
plus l'on est redevable, & plus l'on doit
estre reconnoissant, il faut faire voir
ensuite que le desillement est un des
plus beaux effets de la grace, & il faut
marquer en passant en quoy consiste la
veritable gratitude. Si l'on dit que ce
que les charnels estiment plain de douceur, est remply de chagrin, il faut
faire voir ensuite à quelles disgraces
sont sujettes les unions conjugales; Et
parce que les filles qui prennent l'habit, ne le quittent ordinairement que
parce qu'elles sont travaillées de cent
imaginations impures, il est important
de pousser à bout ceux qui font d'un
plaisir brutal un plaisir souverain, de
vanter hautement la virginité, & de
prouver par des raisons specieuses,
qu'encore qu'on ait dit qu'il estoit plus
facile de mourir pour elle, que de vivre

avec elle, elle n'est à charge ou qu'aux
esprits vulgaires, ou qu'aux corps cra-
puleux. Si l'on dit que la Véture est une
espece de Fiançaille, il faut faire voir
ensuite les differences qu'il y a entre les
Fiançailles profanes & les Fiançailles
sacrées, que si les Fiançailles profanes
ne font pas toûjours suivies du mariage, le défaut peut naistre des deux parties, mais que si les Fiançailles sacrées
ne font pas toûjours suivies de la Profession, le défaut ne peut naistre que de
la fiancée. Si l'on dit que Dieu ne nous
abandonne jamais qu'auparavant nous
ne l'ayons oublié, il faut faire voir ensuite, que comme Dieu est infiniment
bon, il depart mêmes aux moindres
creatures ce qui leur est necessaire. Si
l'on rapporte pas forme d'objection,
que les dispositions au bien font plus
ou moins grandes, il faut faire voir
ensuite que Dieu connoist le fort & le
foible, & que comme il ne nous a pas
retiré de la masse de perdition pour
nous perdre, il nous touche plus ou
moins fortement, selon que nous som-
mes plus ou moins disposez. Si l'on dit
qu'on n'aquiert même les faux biens

qu'aux dépens de mille repugnances, il
faut fairevoir enfuite qu'on auroit mau-
vaife grace de manquer de cœur à la
pourfuite des veritables biens , & fur
tout en la prefence de cent filles deli-
cates , qui ont triomphé de toutes les
difficultez du Noviciat , & qui malgré
tous les artifices de l'enfer ont paffé
de l'offrande à l'immolation , parce
que les confequences qui font tirées de
l'acte à la puiffance font tres-juftes,que
les Religieufes qui vont donner l'habit , ont fait ce que la Novice future
doit faire ; & par confequent qu'il n'y
a que les lâches qui retournent au monde. Si l'on dit qu'en l'eftat où eft la fille qui fe prefente , l'on attend d'elle
de glorieux efforts , il faut faire voir
enfuite qu'il eft de la grandeur d'une
ame de répondre noblement à de nobles attentes, que le Ciel&la terre s'in-
tereffent en toutes les Vétures, & que
*fi un Payen a dit, que c'eftoit le delice
des Dieux , que de voir un homme aux
prifes avec les rigueurs de la fortune,*
l'on a bien plus fujet/de dire,*que c'eft le
delice des Anges & des Saints que de
voir une jeune Vierge aux prifes avec*
les

les épines de la vie. Si l'on dit, qu'encore que le Noviciat ne paſſe que pour l'aprentiſſage du martyre , il eſt plus rude que le martyre même, il faut faire voir enſuite qu'il renferme des épreuves dont la Profeſſion eſt exempte: mais il faut faire voir incontinent aprés que la ferveur & l'acouſtumence adouciſſent les choſes les plus rudes , & il faut prendre à témoin de cette verité les Epouſes du Seigneur. Si l'on dit contre ce qu'on vient de dire, qu'à conſiderer les choſes d'un certain biais , le temps qui s'écoule depuis la Véture juſqu'à la Profeſſion, eſt un temps de joye , il faut faire voir enſuite que ce temps doit eſtre appellé de ce nom, parce qu'il n'eſt employé que pour acouſtumer la fille qui va prendre l'habit , à ſe ſevrer de toutes les choſes profanes , & par conſequent à ſe fortifier contre toutes les choſes pernicieuſes. Si l'on dit, que ce n'eſt pas tout de bien commencer, qu'il faut bien finir, il faut faire voir enſuite , que la perſeverance eſt l'honneur de toutes les vertus , & que quand l'on ceſſe de faire ce qu'on a bien fait, l'on tire plus de confuſion

ſ

de ſes actions preſentes, qu'on n'a tiré
de gloire de ſes actions paſſées. Il faut
redire en abregé & en ordre ce qu'on
a repreſenté à la fille, il faut dans la
recapitulation piquer la fille d'une ſainte ambition, & pour l'en piquer il faut
employer tout ce que la Rhetorique a
de plus noble & de plus ſublime, Il faut
enfin luy remontrer, que quelque aimée
qu'elle ſoit de Dieu, elle ne doit ſe conſiderer, (côme les autres ont fait,) que
comme une eſpece de vapeur qui a eſté
élevée de la maſſe de perdition., par
les rayons de la grace, & que toutes
les fois qu'elle aura en veuë le neant de
ſon eſtre, elle recevra du Ciel tant
de graces, qu'elle aura ſujet de s'étonner d'eſtre ſi aimée, & d'eſtre devant
Dieu ſi peu de choſe.

PHRYNE.

Vous avez eu raiſon de dire qu'il faloit faire voir qu'en quittant toutes les
choſes du monde, l'on ne quitte pas
grand'choſe, parce que toutes les filles qui prennent l'habit ne ſont pas
bien appellées, que quelques-unes d'en-

tr'elles ne le prennent que par complaisance & que quand une fille quitte
de grands biens; il est à croire qu'elle ne
quitte pas de trop bon cœur ce qu'elle
quitte.

EVSEBE.

Une fille qui prend l'habit, considere les biens du monde, ou elle ne les
considere pas; si elle les considere, celuy qui a fait voir que les biens du
monde n'estoient pas grand'chose, la
retire d'erreur, & si elle ne les considere pas, celuy qui a fait voir ce que
je viens de dire, la confirme dans son
mépris.

CESONIE.

Une fille peut-elle considerer ce
qu'elle quitte ?

EVSEBE.

Il y a des filles qui par un motif humain forment de saintes resolutions,
j'ay connu une Demoiselle qui estoit
plus ambitieuse que devote, & qui
neanmoins embrassa le Cloistre, elle

avoit un frere, & pour aider à le faire
grand Seigneur , elle luy abandonna
une grande succession.

POLYANTE.

L'Histoire raporte, qu'*Agripine dit
un iour, que ie meure & que Neron regne* , mais Agripine estoit une mere.

EVSEBE.

J'avoüe qu'une sœur n'est pas si pro-
che à son frere qu'une mere l'est à son
fils, mais enfin la Demoiselle, dont j'ay
rapporté l'exemple, dit sans doute en
elle-même, *que ie sois dans l'abaisse-
ment , & que mon frere soit dans l'élevation.*

SOCRATE.

Comme vous vous estes tres-bien
aquitté de l'ordre qu'il faut tenir pour
parler à une fille qui prend l'habit ,
vous vous aquitterez bien encore de
l'ordre qu'il faut tenir pour parler à
une fille qui fait Profession.

HEPHESTION.

Rien ne luy est difficile, & sur tout quand il s'agit de découvrir les moyens d'étendre l'Empire du Seigneur.

EVSEBE.

Il faut d'abord pour disposer la fille à prononcer de bon cœur ses vœux, faire voir que la Profession est une alliance qui releve une Religieuse au dessus de toutes les conditions , & il faut faire voir qu'il n'est pas des Epouses du Seigneur comme des autres, parce que les autres estant obligées d'embrasser les passions de ceux dont elles sont les cheres moitiez , sont non seulement esclaves des passions des hommes , mais encore des objets dont les hommes sont violemment touchez , que les Epouses du Seigneur estant obligées d'entrer dans les desseins du celeste Epoux, sont obligées de n'avoir pour fin que la gloire du même Epoux , & que la gloire de Dieu ne consiste qu'à avoir des amans détachez de toutes cho-

ſes. Il faut tomber d'acord qu'en quittant ſes parens, ſes amis , ſes biens &
ſes pretentions , l'on quitte tout ce
qu'on peut quitter : mais il faut faire
voir qu'en quittant tout pour celuy qui
tient lieu de toutes choſes , l'on abandonne tout ce qu'on doit abandonner;
il faut dire qu'eſtant pauvre des biens
paſſagers , l'on devient riche des biens
eternels , parce que les filles qui ſont
Profeſſion entrent en communauté de
biens avec le celeſte Epoux, & que les
biens qui couronnent au Ciel J. C.
& ſes Epouſes, ne ſont ſujets ny aux
caprices de la fortune , ny aux infirmi-
tez de la nature. Il faut dire que l'amour
ne peut eſtre recompenſé que par l'a-
mour, que c'eſt un coup d'amour que
d'eſtre appellée , & que c'eſt un coup
d'amour conſommé que d'eſtre éleuë.
Il faut repreſenter que comme Jeſus-
Chriſt a uny ſa volonté à celle de ſon
Pere , une Religieuſe doit unir ſa volonté à celle de ſa Superieure , parce
que les Superieures ſont icy les Lieute-
nantes de Dieu, & qu'on ne peut reſiſter
aux images de Dieu, qu'on ne reſiſte à
Dieu même. Il faut repreſenter enco-

re, que comme Jesus-Christ a donné
son corps au monde dans l'esperance
de le livrer à la Croix, pour sauver par
l'effusion du sang ceux qui preferent le
monde à Dieu, une Religieuse doit
donner son corps à la Religion dans
l'esprit de le livrer aux austeritez pour
aider à sauver par les œuvres de surero-
gation ceux qui tombent dans la même
preference ; Il faut representer enfin,
que comme Jesus-Christ a passé de l'esprit de souffrance à la souffrance, une
Religieuse doit passer de l'esprit de
mortification à la mortification, parce
que si les femmes doivent souffrir pour
reconnoistre l'honneur qu'elles ont tiré
du choix des hommes, les Religieuses
à plus juste sujet doivent souffrir pour
reconnoistre lo gloire qu'elles ont tirées du choix de Jesus-Christ, puisque
cette gloire est incomparable, & que
l'ingratitude est d'autant plus grande
que l'obligation est extréme. Il faut
feindre de ne point douter que la fille
qui va faire ses vœux ne remplisse toutes ses obligations, & il faut fonder
son assurance sur ce qu'elle a fait hautement son Noviciat, & qu'il est rare

qu'ayant attiré tous les jours de nouvelles graces par le bon usage des graces precedentes , une fille se relâche
jusques à un point que de devenir la
soûmise de celuy dont elle a esté la vi-
ctorieuse. Il faut apostropher la fille qui
va faire Profession , & il faut luy dire
dans l'apostrophe, que quoy qu'il soit
moralement certain des belles qualitez
de son ame , elle ne doit pas trouver é-
trange qu'il luy presche la constance,
parce que le Demon quelque mal-traité qu'il ait esté , revient toûjours à la
charge, & qu'à moins d'estre toûjours
sous les armes, l'on passe du triomphe
à la desolation , de la victoire à la
défaite. Il faut representer encore
que plus le merite est grand & plus la
recompense est precieuse , que Dieu a
pour agreable les prieres, les jeûnes &
les disciplines, & que le même Dieu
qui les a pour agreables proportionne
toûjours la gloire des Eleus au merite
des œuvres ; Il faut rememorer que les
vœux sont des contracts indissolubles,
& que comme les gens de bien execu-
tent par justice ce que les autres n'exe-
cutent que par force , les Religieuses
doivent

doivent faire par amour, ce que la pluſpart des autres font par neceſſité; Il faut
finir par l'exhortation, par le remerciement & par la priere ; il faut finir par
l'exhortation , parce qu'elle touche &
qu'elle encourage ; il faut finir par le
remerciement , parce qu'il attire un
nouveau ſujet d'obligation ; il faut finir
enfin par la priere, parce que la Profeſſion Religieuſe engage à la mort , &
que pour ſatisfaire à cét engagement la
nature a beſoin d'un grand ſecours.

HEPHESTION.

Voila à mon avis raiſonner ordon-
nément.

SOCRATE

Ou je juge mal des choſes, ou l'on
ne peut ſuivre une plus belle methode.

POLYANTE.

Il ne reſte plus qu'à faire voir comment il faut réveiller les Auditeurs, &
comment il faut appliquer les figures.

3. P.   t

EVSEBE.

Quand l'on veut réveiller les Auditeurs, il faut faire attendre de grandes
chofes , & pour faire attendre de grandes chofes , l'on fe fert ordinairement
des periodes fuivantes : *Penfez-vous,*
Meffieurs , qu'elle en demeura là ? ha
que fon zele luy fit bien entreprendre
d'autres chofes , &c. Redoublez, Mef-
fieurs, voftre attention , voicy une do-
ctrine tres-curieufe & tres-excellente,
&c. Le croiriez vous, Meffieurs, non
fans doute, l'action n'a point d'exem-
ple , & dés mefme que ie vous en
auray fait l'ouverture , voftre fenti-
ment fera le mien , &c. Un autre que
moy pafferoit peut-eftre fous filence
les paroles de ce genereux Chreftien,
mais elles font fi belles , qu'il man-
queroit quelque chofe à fon Panegyri-
que fi ie ne les rapportois , &c. Il y a
cent autres façons de parler qui réveillent les Auditeurs: mais il ne faut dire
ce que je viens de dire , que lors qu'on
a de fort belles chofes à debiter , parce
que fi aprés ces debuts fpecieux , l'on
ne dit rien qui vaille , l'on ne tient plus

compte de la figure. Quand l'on veut
réveiller les Auditeurs, l'on peut encore
fur des objections avancées promettre
des raifons invincibles, & fur tout fur
des objections notables, parce que la
curiofité eft infeparable de l'hómme,
& que pour eftre inftruit des verités
importantes, chacun prefte l'oreille.
L'on peut même pour la même fin, &
felon la rencontre des matieres feindre
dans une apoftrophe d'eftre extrémement furpris de la conduite de Dieu.
Un Feüillant prefchant chez luy le
jour de l'Afcenfion, feignit fur le
prompt bonheur du bon Larron, d'être
extrémement furpris de cette conduite:
mais quand il fut obligé de faire voir
qu'il avoit eu lieu d'en eftre furpris, il
me femble, que quelque fçavant qu'il
foit, il n'allegua pas de trop bonnes
raifons. L'on peut auffi pour réveiller
les Auditeurs, rapporter quelque queftion curieufe. Celuy qui fit l'année
paffée le Panegyrique de fainte Moni-
que, chez les Auguftins Déchauffez, dit
que les Philofophes avoient efté en pei-
ne de fçavoir, s'il y avoit plus de force
à foûtenir qu'à attaquer : mais outre

qu'il ne se ressouvint pas des raisons qu'apporte Aristote sur le sujet de la vaillance, il fit d'abord la question, & contre l'ordre de la declamation il parut échauffé; L'on peut enfin, pour réveiller les Auditeurs, proposer quelques Paradoxes, & ainsi l'on peut dire par exemple; *Les biens du monde quelque recherchez qu'ils soient, ne sont pas des biens, & pour peu que vous m'honoriez de vostre attention, vous en tomberez d'accord, &c. Personne, Messieurs, n'est offencé que par soy-même, & bien que cette proposition semble extravagante, ou je me trompe bien, ou elle passera bien-tost dans vos esprits pour raisonnable, &c. Mais comme j'ay déja dit bien des fois, ou il ne faut pas faire attendre de grandes choses, ou il faut répondre juste.*

PHRINE.

A ce que je voy, vous voulez que les Predicateurs soient fort sçavans.

EVSEBE.

Je veux, s'il se peut, qu'ils soient mêmes universels.

EPISTEMONT.

Saint Jerôme vantant les anciens Peres, dit qu'il ne sçait, si l'on doit plus admirer chez eux la connoissance des saintes Lettres que les autres connoissances.

SOCRATE.

Je ne doute point que les sciences humaines ne soient utiles ; cependant j'ay souvent ouy dire, que la Philosophie & la Theologie n'estoient pas souvent d'accord.

EVSEBE.

Quoy que les Philosophes ne pouvant pas penetrer certaines veritez, passent quelquefois de l'impuissance au doute, il est constant que la Philoso-

t iij

phie n'eſt pas peu utile à la Theologie.

POLYANTE.

La Metaphyſique fournit des maxi-
mes generales à toutes les diſciplines;
la Logique enſeigne à connoiſtre les
fauſſes conſequences ; la Phyſique de-
terre, ſi je l'oſe dire, les cauſes les plus
cachées ; enfin dans le traité du bien, la
Morale prophane appuye de cent belles raiſons la Morale Chreſtienne.

THRINE.

Euſebe a fait voir en quelque façon
juſques-icy, de quel air il faloit retirer
l'Auditeur de ſon aſſoupiſſement: mais
comme il eſt incomparablement plus
important de ſçavoir en quelle rencontre il faut appliquer cette figure, que
de ſçavoir de quelle maniere il faut exciter l'attention, il me tarde que je ne
paſſe du premier point au ſecond.

EVSEBE.

Si aprés avoir repreſenté, par exemple, une dilection extraordinaire l'on
veut la faire paſſer hautement pour

telle dans l'esprit des Auditeurs, il
faut repeter impetueusement certains
mots, parce que la vehemente repeti-
tion marque en quelque façon, que celuy qui parle est fortement persuadé
de ce qu'il a dit, & que la persuasion
d'autruy facilite la nostre : *Voila, voila, Messieurs, ce qu'on appelle amour,
ce qu'on appelle zele, en un mot, ce
qu'on appelle charité.* Il y a une figure
qui commence & qui finit par les mêmes termes, & l'on use de cette figure
lors que pour confirmer ce qu'on a mis
en avant, l'on dit : *Celuy-là donc est-il
pauvre qui est en la grace de Dieu? Celuy-là donc est-il abandonné qui est en
la protection de Dieu?* Mais la vehemence rimée choquant l'oreille est ordinairement bannie du beau langage, &
si l'on en use quelquefois, ce n'est que
chez les Scolastiques. Si en voulant
jetter un homme dans la confusion, l'on
veut exprimer fortement les raisons de
la censure, l'on doit recourir aux veritables antitheses, parce que les veritables antitheses expriment une opposition violente & que les autres n'expriment qu'une simple opposition, si

t iiij

bien qu'il y a plus d'énergie à dire,
par exemple, *quel raport y a-t'il en-*
tre le Cloiſtre & la Cour, entre l'Au-
tel & le Theatre ? que de dire, *quel ra-*
port y a-t'il entre la Religion & le
monde , entre les divertiſſements Re-
ligieux & les divertiſſemens profa-
nes ? Si l'on veut degoûter le monde du monde , l'on doit convaincre l'eſprit par ſes propres obſerva-
tions des raiſons qu'on a à debiter,
& l'on doit affecter les diſtributions
paſſives. *Les grands reveſtent riche-*
ment les Comediens, & ils ne daignent
ſeulement pas regarder la nudité des
pauvres , ils défendent contre les Loix
& la Police les femmes qui corrompent
les femmes , & contre l'oppreſſion ils
ne défendent ny les veuves ny les or-
phelins , ils accordent des diſpenſes
d'âge à de petits ignorans , & ils ne
conſiderent pas que la voix d'un hom-
me qui ne devroit pas eſtre admis au
Tribunal , eſt quelquefois la ruine de
cent familles , ils ne comptent ſouvent
pour rien les ſervices , ny les bleſ-
ſures , & ſouvent à la recommanda-
tion d'une Appareilleuſe , ils élevent au
commandement ceux qui ne ſçavent

pas même les *Rudimens de la milice.*
Si l'on veut qu'une chose soit respec-
tueusememt receuë, le Predicateur doit
parler emphatiquement , c'est à dire
icy, qu'il doit faire parler un homme
de haute authorité: *Quoy qu'ayant fait*
cent reflexions , Messieurs , sur ce pas-
sage, je puisse raporter sur son explica-
tion des choses assez probables, l'Apôtre
developera l'Enigme. Si l'on veut dans
la Morale user de censure , l'on doit
faire voir avant que d'en venir là, qu'on
n'a l'esprit remply que de charité, afin
que les fins obligeantes excusent les
moyens fâcheux , & lors qu'on doit par
la severité du ministere perdre en
quelque façon le respect , on le doit
perdre civilement : *D'où pensez-vous,*
Messieurs , que vient ce desordre ? Cer-
tes j'ay bien de la peine à en marquer la
cause ; mais comme à mesure que je par-
le, le saint Esprit dissipe ma retenuë,
ceux qui m'écoutent me permettront bien
de leur dire , que cette cause ne consiste
qu'au défaut de residence. Si lon veut
moraliser à l'amiable, l'on doit user de
la commiseration , c'est à dire, qu'on
doit familierement adresser sa parole

à son Auditoire: *Ouy, Messieurs, je vous en appelle même à témoin, n'estes vous pas convaincus par ce qui se passe au dedans de vous, que les passions sont des Furies, que les vices sont des Vautours ?* Si l'on veut obtenir quelque chose des mondains, il faut donner quelque chose à la mondanité, une deference en excite une autre : *Hé bien je veux avec vous, que l'ambition soit le principe de cent beaux desseins, & que ç'ait esté elle qui ait élevé au dessus des autres hommes les Alexandres & les Cesars : mais aussi ne devez-vous pas confesser avec moy, qu'elle est la source de cent cruelles inquietudes, & que la grandeur même qu'elle a pour fin, finit souvent ou sur un echaffaut ou dans une prison ?* Si l'on veut resoudre successivement les interrogations, il faut les resoudre par les sujets mêmes des interrogations, & comme plus la distribution est nombreuse, & plus les réponses sont difficiles, il ne la faut pousser que quand l'on est remply de bonnes raisons: *Est-ce la pauvreté qui vous détourne de la Religion ? Iesus-Christ appelle les pauvres bienheureux ? Est-*

ce le travail qui vous fait avoir en horreur le Cloiftre ? le travail détourne
l'efprit de cent mauvaifes penfées ? Eft-
ce l'obeyffance qui vous donne de l'aver-
fion pour la retraite ? l'obeyffance vaut
mieux que facrifice? Eft-ce enfin la douceur des plaifirs qui vous retient au
monde ? les plaifirs perdent le corps &
l'ame. Si l'on veut infpirer une promptitude falutaire, l'on doit fe fervir de
l'exhortation imperieufe & raifonnée,
parce qu'elle intimide & qu'elle confond : Penfez ferieufement à l'affaire
de voftre falut, puis que Dieu punit
quelquefois d'une éternité de douleurs
un moment de delice; N'attendéz pas à
la fin de voftre vie à commencer une vie
nouvelle, puis que Dieu ne confidere
ordinairement pas tant la penitence,
que le temps dans lequel elle eft faite;
Ne differez point de vous convertir à
Dieu, puis que Dieu ne differe point à
vous ouvrir le fein de fa mifericorde.

S l'on veut intimider ceux qui mépri-
fent toutes fortes de Loix, l'on doit
employer l'imprecation, parce qu'on
fçait que quelquefois Dieu l'exauce:
Malheur à celuy qui méprife les Com-

mandement de l'Eglise, *Malheur à ce-luy qui méprise les Commandemens de Dieu.* Si l'on veut traiter les gens de haut en bas, l'on ne doit pas oublier l'interrogation, parce qu'elle est impe-rieuse : *Race maudite, est-ce ainsi qu'il faut expliquer mes actions ? Quand se-ra-ce sensuels, que vous rentrerez en vous mêmes, & que passant des molesses & des voluptez au sac & à la cendre, vostre penitence sera aussi fameuse que vostre débauche ?* Si l'on veut dans les façons de parler imperieuses glisser quelque mot de mépris, il ne faut pas oublier non plus l'indignation, parce qu'elle ajoûte toûjours l'aigreur à la plainte : *Et vous enfans des hommes, jusques à quand ferez-vous une fable de mon Evangile ?* Si l'on est en peine de se determiner plûtost à un objet qu'à un autre, l'on doit exprimer sa pei-ne par une figure qu'on appelle *irreso-lution*, & l'on doit en l'exprimant ra-porter *le pour & le contre* : mais lors qu'on vient à se determiner, l'on doit alleguer des raisons qui justifient la de-termination. Un Predicateur peut dire le jour de Noël : *A qui m'adresseray-je ?*

sera-ce au Père Eternel ? Dieu pour le rachat du genre humain en consentant à la Naißance de son Fils, a consenty à sa mort, & pour consentir à cette mort il a falu que la Nature humaine luy ait esté extrémement chère : mais il sçait que tous les hommes abuseront de la mort de son Fils, & l'on n'a ordinairement point d'oreille pour les ingrats. Sera-ce à l'Enfant qui vient de naistre? l'Enfant qui vient de naistre, ne vient au monde que pour pratiquer toute sorte de bien, & la qualité d'officieux est du nombre des vertus, mais il est mal-traité des hommes, & son indignation est encore toute fraîche. Sera-ce au saint Esprit ? l'Esprit saint est tout amour, & l'amour est obligeant : mais il prend part à l'indignation de celuy dont il a operé la Naißance, & il a sujet de ne tenir cōpte d'ouyr ceux qui ont attiré la descente du Fils de Dieu. Sera-ce aux Pasteurs qui courent à l'Etable? les Pasteurs qui y courent, y vont pour un bon dessein, & les bons desseins meritent quelque consideration : mais les Pasteurs ne sont pas d'eux-mêmes considerables, & pour pouvoir quelque chose

sur un Dieu, il faut être revêtu de vertus
extraordinaires. Sera-ce à la Vierge?
Ouy, Messieurs, parce qu'encore que
la Vierge prevoyant que l'Enfant
qu'elle vient de mettre au mode, ne
seroit pas le bien venu, soit déja si tri-
ste, qu'elle ne pense presquequ'à l'inju-
stice des hommes, elle a particulierement
interest que les pensées des Predicateurs
soient aujourd'huy proportionnées à la
grandeur du Mystere, & il est constant
que côme Mere du Fils de Dieu elle est
en faveur auprés de la Trinité. Enfin si
l'on' veut faire front à un homme mon-
dain, l'on doit recourir à l'interpellatiõ,
parce qu'elle renferme comme le teste
à teste, & qu'elle a quelque chose
de plus fort que la simple apostrophe:
N'es-tu pas bien aveuglé, ô esprit
remply de vanité, de preferer ce qui passe à ce qui ne passe point?

HEPHESTION.

Un Sermon n'est pas peu animé,
quand il abonde en figures.

SOCRATE.

Toutes les figures n'entrent pas ordinairement dans un Sermon, celles qui y entrent ordinairement, font *l'exclamation*, *l'interrogation*, *l'antithese & l'apostrophe*.

EVSEBE.

Il y a une apostrophe qui n'est pas finissante, & celle-là est répanduë dans le corps du Sermon; Il y a une apostrophe qui est recapitulative, & celle-cy finit le discours; l'apostrophe qui n'est pas finissante, peut estre rude, consolante, menaçante, ou flatteuse, selon la rencontre des matieres : mais l'apostrophe qui est recapitulative, doit estre toûjours ordonnée, aigre, exhortative & affectueuse.

EPISTEMONT.

Le Roy au Sermon, est ordinairement apostrophé : mais peu de gens s'aquittent bien des apostrophes Royales.

EVSEBE.

Lors qu'on apoſtrophe le Roy, il faut que ce ſoit pour l'engager à ſe reſouvenir, qu'en telle ou telle occaſion la pluſpart de ſes Predeceſſeurs ont donné tel ou tel ordre ; Il faut que ce ſoit encore pour luy faire remarquer que ſur tels ou tels debats, tels ou tels Souverains ont eu tels ou tels ſentimens; Il faut que ce ſoit enfin pour le porter à conſiderer l'importance de telle ou telle action ; & cette fin eſt particulierement digne d'un Predicateur , parce que le Roy pratique ce qu'il doit pratiquer, ou qu'il ne le pratique pas, que s'il le pratique, il eſt excité par les raiſons du Predicateur à perſeverer dans le bien , & que s'il ne le pratique pas, il eſt encore excité par les mêmes raiſons à ne plus perſeverer dans le mal.

POLYANTE.

Quoy qu'on n'apoſtrophe pas le Roy, l'on ne doit pas parler particulierement contre certains défauts, lors que

que ces défauts le regardent: mais comme dans la Morale l'on est obligé de s'emporter contre les pecheurs, il faut ou ne s'emporter contr'eux qu'en general, ou il ne faut pas plus s'emporter contre les uns que contre les autres.

CESONIE.

L'apostrophe qui s'adresse à la Croix doit renfermer de belles choses, parce que l'objet de l'apostrophe est tres-considerable, & que comme l'on se ressouvient plus des dernieres paroles que des paroles precedentes, l'on doit enfin laisser dans la memoire des Auditeurs des images nobles & éclatantes.

SOCRATE.

Je connois un Docteur qui est assez figuré, mais qui n'est pas assez actif; l'on disoit de luy à saint Eustache, qu'encore qu'on ne pust pas dire qu'il preschast mal, l'on ne pouvoit pourtant pas dire qu'il preschast bien.

EVSEBE.

Il y a des gens qui ont de la methode

u

& qui n'ont pas de feu , & il y en a
d'autres qui ont du feu , & qui n'ont
point de methode ; ceux qui ont de
l'ordre & qui n'ont pas de genie, facilitent la memoire, mais ils ne flattent
pas l'imagination ; ceux qui ont du genie & qui n'ont pas d'ordre , flattent
l'imagination, mais ils ne facilitent pas
la memoire.

PHRYNE.

Il y a du plaisir à entendre le Pere
Bourdalou , il est toûjours net , toûjours brillant & toûjours animé.

EVSEBE.

Comme ce Pere , en matiere de Predication, est un Archimaistre, l'on peut
dire de luy , que quoy qu'il soit toûjours animé, il n'est pas toûjours vehement.

EPISTEMONT.

Pour estre toûjours animé , il suffit
d'avoir toûjours la voix haute , l'ex-

preffion mâle & l'air majeftueux: mais pour eftre toûjours vehement , il faut eftre toûjours emporté, toûjours me-naçant, & toûjours effroyable ; & un Predicateur qui eft toûjours dans la vehemence , deffeiche plus qu'il ne mouille , endurcit plus qu'il n'atten-drit.

SOCRATE.

L'on n'a pas tant fujet de mal-traiter les Auditeurs de ce qu'ils n'imitent pas les Saints, que de ce qu'ils n'obfervent pas les Evangiles ; & c'eft pour cette raifon que le patetique doit eftre plus fort dans la Morale des Dominicales, que dans celle des Panegyriques.

HEPHESTION.

Il faut , comme l'on a cy-devant dit, que les textes pour eftre heureux four-niffent de vafte champ à la Morale, autrement la Predication eft feiche , & eftant plus fpeculative que pratique elle ne produit pas grand fruit.

EPISTEMONT.

Quoy que les Avents & les Carefi.

u ij

mes foient capables de fournir toûjours des fujets utiles , il y a des Predicateurs qui pour ne point parler
des matieres rebattuës , parlent fur des
matieres qui ne font pas convenables à
la Chaire. Valadier préchant un Avent
à faint Merry, tomba dans la difcon-
venance de ceux dont je viens de dire
quelque chofe, & bien loin de parler
fur quelque chofe d'intelligible & d'é-
difiant, il ne parla que fur l'ame.

EVSEBE.

Il feroit fouvent à propos pour les
raifons que j'ay autrefois dites, qu'on
prift des fujets nouveaux : mais il a efté
toûjours défendu de prendre des fujets
fteriles.

POLYANTE.

Les Evangiles font de trois fortes , les unes confiftent en hiftoire,
les autres ne font remplis que de paraboles, & les autres ne parlent que de
doctrine; Les Evangiles qui confiftent
en hiftoire, rapportent les actes & les
miracles du Seigneur; Les Evangiles qui

ne font remplis que de paraboles, expriment les myfteres fous le voile des fimilitudes ; & les Evangiles qui ne parlent que de doctrine, font remplis de Sentences & d'inftructions. Les Evangiles qui ne regardent que l'hiftoire, veulent une expreffion forte, parce qu'ils ne nous entretiennent que de voyages laborieux, que de reproches fanglans, que de reparties excellentes, & que d'actions miraculeufes; Les Evangiles qui ne regardent que les paraboles, veulent tantoft une expreffion familiere, & tantoft une expreffion fublime, parce qu'ils ne tendent qu'à donner des connoiffances relevées, & qu'ils n'y tendent que par des comparaifons & des exemples; Les Evangiles qui ne regardent que la doctrine, veulent, comme les precedents, une diction mélée, c'eft à dire une diction qui foit quelquefois grave & quelquefois vulgaire, parce qu'ils ne buttent qu'à regler nos fentimens & nos mœurs, & que pour parvenir à cette fin, ils fe fervent en quelques endroits de difcours fententieux, & en quelques autres de difcours vulgaires.

u iij

SOCRATE.

Les Dominicales demandent plus de
Theologie que les Panegyriques, & les
Panegyriques demandent plus de Morale que les Dominicales ; le ton des
Dominicales doit eſtre ſouvent familier, & le ton des Panegyriques doit
eſtre preſché toûjours grave.

EVSEBE.

Comme l'on ne rapporte ordinairement que le beau de la vie des Saints,
Socrate a eu raiſon de dire que le ton
grave devoit eſtre le ton ordinaire des
Panegyriques.

HEPHESTION.

Selon qu'on parle de certaines choſes ceux qui écoutent jugent ou qu'on
n'en eſt pas perſuadé, ou qu'on en eſt
convaincu; & comme s'ils jugent qu'on
en eſt convaincu, ce jugement pour
eux eſt de grande efficace, il eſt important de prononcer du moins avec

ardeur toutes les veritez de la Religion.

PHRYNE.

Il me semble que comme les sujets
font differens, l'on doit differentier fa
voix.

EVSEBE.

L'on ne doit feulement pas regler fa
voix felon la diverfité des matieres,
mais encore felon les parties de l'O-
raifon & felon la nature des figures;
La propofition generale doit eftre prononcée d'un ton moderé, la divifion
doit eftre prononcée du même ton, la
confirmation veut une voix ferme, &
la refutation qui fait fouvent partie de
la confirmation, veut une voix élevée;
La recapitulatió requiert une voix raffi-
fe, & la Morale des points recapitulez,
requiert une voix tonnante; Les *hé*, les
o, & les *ha*, exigent une voix haute;
L'interrogation demande une voix mâle, & l'indignation demande une voix
hautaine; enfin la profopopée dont
le ton ne peut eftre univerfellement
reglé, veut qu'on confidere le fujet,

la perſonne qui parle ; & la perſonne
à laquelle on parle , & que ſelon les
matieres & les perſonnes on l'exprime d'un ton doux , aigre , mediocre ou
éclatant ; & ainſi ſi à l'imitation de
ſaint Bernard, je faiſois parler les pauvres aux mauvais riches , je les ferois
parler tantoſt d'un ton doux & tantoſt
d'un ton aigre , parce que comme pauvres ils doivent garder une certaine
meſure , & que comme pauvres cruel-
lement abandonnez, ils doivent paſſer
les bornes de la moderation.

F I N.

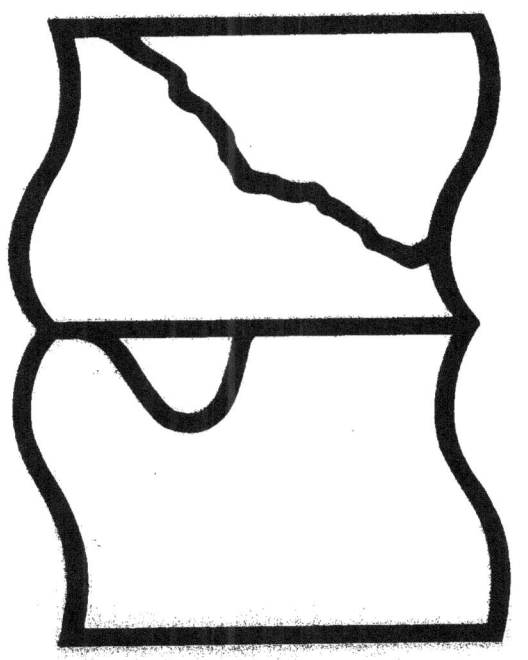

Texte détérioré — reliure défectueuse

NF Z 43-120-11

Contraste insuffisant

NF Z 43-120-14